リーゼロッテ
アズール
ルト
ガスコイン公爵邸
DUKE OF GASCOYNE'S RESIDENCE

ナトラ
リック
街酒場
「海猫亭」
TAVERN
PAVILION

「俺はお前たちを始末するべき
危険分子と判断する」

怠惰の王子は祖国を捨てる
～氷の魔神の凍争記～
2

モノクロウサギ

CONTENTS

プロローグ

帝国の沿岸部に広がる帝室直轄領【サンデリカ】。帝室が保有している直轄領の中でも、数少ない海に面した領地。

特に領の名ともなった都市サンデリカは、豊富な海産物が水揚げされることで有名な大規模な港町だ。

サンデリカで水揚げされた海産物は、様々な販路を介して帝国中へと届けられる。言わば帝国における『海の台所』であり、帝室においても重要な財源の一つであった。

そんな沿岸都市サンデリカと、その一帯。領地面積としては子爵家程度であるが、経済力という意味では伯爵家クラスに匹敵する帝国における要地の一つ。

それがリーゼロッテに与えられた領地であり、新たに【ガスコイン領】と呼ばれるようになる土地であった。

「改めて思うが、財源の一つをポンと渡すか。剛毅《ごうき》なことだな本当に」

「旦那様がそれだけ重要視されてるということです」

サンデリカに向かう馬車の中で、ルトとリーゼロッテは話し合う。

「当主はリーゼロッテだろうに。なら、重要視されているのは俺よりもリーゼロッテさ」

「では、そういうことにしておきましょう」

嫋《たお》やかに微笑《ほほえ》むリーゼロッテに、ルトは苦い顔でため息を吐《つ》く。

だがルトが重要視されているが故の拝領というリーゼロッテの台詞《せりふ》は、紛《まご》うことなき事実である。

ルトは領地経営する気などサラサラない。帝国がリーゼロッテを当主としたのも、そうしたルトの心情を汲《く》み取ったからだ。

その上で、ルトの懐に多額の資金が流れるように便宜を図ったのである。婚約者、いや事実上の妻の懐が潤えば、必然的に夫たるルトの懐も潤うが故に。……実態は明らかに嫁の収入をアテにするヒモ男のそれではあるが、言わぬが花か。

「いやはや。新たな守護神が十二歳の少女に養われるロクデナシとは。情けなくて涙が出るよ」

「あら。それでしたら旦那様も何かお仕事をなさいますか？」

「遠慮する。そんな外聞のためだけに慣れないことして、余計な混乱を起こしてみろ。情けなさすぎて泣くに泣けんよ」

慣れないことには関わらない。覚悟がないために関わらない。大公位を戴《いただ》こうが、婚約者の金を使い込むロクデナシと罵られようが、ルトの領地経営に関するスタンスは変わらない。

「旦那様なら、必ずや立派な領主になると思いますよ？」

「はっ。買《か》い被《かぶ》りすぎだよ。俺なんてそっち方面じゃちいとばかし小賢《こざか》しいだけさ。俺にできることなど、辺り一帯を氷漬けにすることぐらいだ。魔神などと崇《あが》められようが、結局のところはただの戦力でしかない。それ以上でも以下でもないし、それ以外になるつもりもない」

「……左様でございますか。いささかもったいない気もしますが、旦那様の御心を尊重いたしましょう」

「そんな大仰な言い方はせんでいい。単なる適材適所ってだけだ」

ルトが帝国にて今の地位を認められたのは、魔神格としての力があったからにすぎない。

小国の第四王子であり、祖国でも疎まれていたルト。帝国との戦争において、捨て駒にされた無能の身。

その評価を覆したのが、魔神格としての力である。忠臣たちの命懸けの献身に応え、切り札として秘していた凍結の大法を解放したのである。

単騎で国を滅ぼし、只人が束になっても決して抗《あらが》うことのできぬ絶対の力。大陸においてたった三人しか確認されていない現人神《あらひとがみ》。

忠臣たちの命と名誉を守るために、その力を対価として帝国へと降《くだ》ったのがルトなのだ。

故にその本領はあくまで『武力』。多少の知恵は回ろうとも、政《まつりごと》の領域に足を踏み入れるつもりはないのである。

専門外の分野に手を出すよりも、一つの役目に殉じた方が混乱は少ない。なによりルト自身の面倒もないのだから。

「……ま、戦力云々《うんぬん》を除いても、最低限は領地の利になる働きはしようと思うがな。リーゼロッテの領分に口を出すつもりは毛頭ないが、それはそれとして金を貰《もら》う以上、完全に不干渉っていうのは流石《さすが》に心苦しい」

「あら。それは有難くありますが、よろしいので？」

「男としてのなけなしの矜恃《きょうじ》ってやつだよ。さっきは話の流れでロクデナシと自称したが、本気でそれを実行するほど誇りを捨てちゃいねぇってことさ。年下の姫に完全に養われることを良しとすりゃ、男として堕《お》ちるところにも堕ちたってもんだろうよ」

政治分野には基本的には関わらないのが大公兼魔神としてのルトの意志とすれば、これはルトの男としての意志である。

状況次第では名誉よりも実利を取ることに躊躇《ためら》いはないルトであったとしても、立場、力、年齢等々で下に位置するリーゼロッテに経済的に完全に依存するというのは、流石に抵抗がある。……むしろ、庶民気質でたびたび『不良』と揶揄《やゆ》されるような性格をしているからこそ、そっち方面での面子《メンツ》を案外重視しているのかもしれない。

「俺がやるのは二つだ。一つは俺んとこの馬鹿ども。指揮権を貸すから好きに使ってくれて構わない。今は何かと忙しい時期だ。人手は多いに越したことはないだろう？」

「……旦那様の臣下たちをですか？　彼らは旦那様がなによりの宝と呼ぶ者たちでは？」

「あくまで貸すだけだよ。そもそもサンデリカじゃ、俺の下にいても大してやることもない。アイツらとて、暇を持て余して鈍《なま》っていくのは本意でもなかろうよ」

生粋の怠け者であるルトと違い、彼らは皆が歴戦と呼べるだけの兵士であり、その領域に至る程度には勤勉な者たちだ。

仕事を振らねば暇を持て余すのは確実であり、なんなら率先して何処《どこ》かの仕事の手伝いに走りかねない。

それなら先にリーゼロッテに話を通して、何らかの仕事を割り振ってもらった方が無駄もない。

……なによりルトとしても、珠玉とも言える歴戦の忠臣たちが、無為に錆《さ》びついていくことを許せるわけがないのだから。

「だから好きに使え。後ろ暗いことをさせなきゃ大抵は許可する。馬鹿どももリーゼロッテ、俺の婚約者が相手となれば大人しく従うだろう。あとでハインリヒを向かわせるから、詳しくはアイツと話し合って決めてくれ」

「感謝いたします」

フリードリヒから相応の人手は用意されているが、それでも練度の高い武官たちが増えるのは素直に有難いと、リーゼロッテは頭を下げる。

それと同時に、ルトの臣下たちをまとめる立場となったハインリヒと交わす内容を、脳内で決めていく。

「そして二つめ。わざわざ帝国が俺をこの場所に配置したわけ、御歴々が望みに応えよう」

「望み、ですか？」

「ああ。生鮮食品が特産の沿岸都市と、氷の魔神。これだけ並べれば、御歴々から何を望まれているかは明白だろう？」

生もの、特に足の早い海産物を扱うとなれば、どうしたって鮮度の問題にぶち当たる。そしてルトには、それをある程度解決する手段がある。

「言ってくれれば氷ぐらい作ってやるさ。必要な時には声を掛けてくれ」

「……まあ」

ルトの台詞に、リーゼロッテは柄にもなく目を見開いた。

意外というのが正直な感想だ。政治には関わらないと宣言しているルトが、流通関係で便宜を図るというのだから。

「よろしいのですか？　それは旦那様が忌避する政治の領域かと」

「流石に無尽蔵ではないさ。家同士の付き合いを、少々円滑にする程度でしかない。俺が下手に張り切りすぎて、地域経済の重要部分が個人に依存しても問題だろ？」

ルトがその気になれば、新鮮な状態の海産物を帝国中に輸送することもできる。だがそれは流石にやりすぎだ。

個人に産業の大部分が依存してしまえば、もしルトに何かあった時に領地経営そのものが立ち行かなくなる可能性もある。

個人的な心情という意味ではもちろんだが、リスクの分散という意味でも勤勉すぎるのはよろしくない。

ルトが動くのはあくまでガスコイン公爵家、いやリーゼロッテに対するささやかな手助けであり、それ以上の範囲を逸脱するつもりは皆無であった。

「言ったろう？　完全に養われるつもりはないと。ぶっちゃけちまえば、家庭用の氷室ぐらいには働くってだけだ。そこから小遣いを出してくれという、どこにでもある夫婦間の話だよ」

「大公位を戴く方を氷室扱いなどと……。私、そんな剛毅なことができる性格に見えますか？」

「おっと失敬」

控え目な抗議を行う小さな婚約者に、ルトは苦笑を浮かべながら謝罪した。

確かに今の例えは、淑女に対してするべきではないだろう。

「……とはいえ、了解しました。旦那様の御厚意、確かに受け取りました。その期待に違《たが》わぬよう、上手《うま》く利用させていただきます」

「何度も言ったが好きにしろ。リーゼロッテの領地なんだからな」

あくまで自分は武力であり、ささやかな家事手伝いを行うだけのダメ夫でしかない。

馬車の外を眺めながら、ルトはリーゼロッテに向けてそう呟《つぶや》いた。

――ガスコイン領の中核にして、ルトたちが居を構えることになる沿岸都市サンデリカは、もう間もなくであった。

第1章　新天地と新たな出会い

サンデリカに到着したルトたちを待ち受けていたのは、大勢の民衆の歓声だった。

新たな領主となったリーゼロッテ、そしてなにより帝国の新たな魔神であるルトを一目観《み》ようと、サンデリカ中の民が集まってきたのだ。

当然ながら、これは事前に計画されていたことである。新たな領主として、リーゼロッテの存在を民に知らしめるために、あらかじめ街に到着の噂《うわさ》を流しておいたのだ。

『皇女と氷神、領主として来る《きた》』と。少し前にその存在が大々的に明かされたルトと、そんなルトと婚約を結んだリーゼロッテ。

帝国において時の人である二人の名は、新たな領主という立場と合わさって多くの民を惹《ひ》き付けた。

結果としては、このある種のお披露目《ひろめ》は大成功に終わった。

リーゼロッテが馬車の窓を開け軽く手を振れば、それだけで民は歓声を上げる。

ルトが気まぐれにリーゼロッテに合わせ、神としての側面を強め馬車の窓から顔を覗《のぞ》かせれば、誰もがその存在としての格の違いに息を呑《の》む。

一行が新たな拠点となる公爵邸に着く頃には、ガスコイン家当主リーゼロッテと、氷神ルトの姿はサンデリカの民の記憶に深く刻まれたことだろう。

「んー……っ！」

そうして事実上の初仕事は無事完了。やるべきことを終えたルトは、自室にて寛《くつろ》いでいた。ランド王国から帝国首都ベーリリーまでの旅に比べれば短いとはいえ、今回の移動にもほどほどの時間を費やしている。

それに加えて領民への顔見せもあったのだ。旅の不便さなど細かな不満が溜《た》まっていたこともあり、屋敷に着いたことでようやく一息つけた気分であった。

「さて、と」

ストレッチをするなどしてひとしきりのリフレッシュを終えたルトは、さてこれからどうするかと思考を巡らせる。

荷物の運び込みなどの引越し作業は、ガスコイン公爵家に新たに仕える使用人たちが引き受けている。よってその手の雑事でルトが手を出すことはない。そもそも大公兼当主の婚約者がやるようなことでもない。

とは言っても、立場に相応《ふさわ》しい仕事もルトの場合は特にない。なにせルトの『政務に携わる気がない』という意向は当主であるリーゼロッテも承知の上であり、皇帝の名のもとにその独立性は保証されている。

そのため、書類仕事の類いは一切ルトに割り振られることはない。

では、適当に家の人間と交流して時間を潰すかと考えるも、内心で即座に却下した。現状において暇なのはルトだけなのだ。

リーゼロッテは当主として、旅の疲れを癒やすのもほどほどに早速文官たちとともに御家の仕事に取り掛かっている。

使用人たちも同様に、忙《せわ》しなく屋敷中を動き回っている。

ハインリヒはリーゼロッテとともに、馬車の中でルトが提案した一件についての話し合い。

アズールはルトの秘書として、リーゼロッテや文官たちとともに折衝や書類仕事に精を出している。

他のルトの部下たちも、各々の判断で御家の仕事を手伝うなどしている。

そんな風にほとんどの人間が駆けずり回っている中、ルトの暇潰しで仕事の邪魔をするのは流石《さすが》に気が咎《とが》めた。

「……仕方ないか」

いろいろと考えてみるが、屋敷内でルトがすること、できることは中々思い浮かばなかった。

結局、具体的な考えの浮かばぬままに屋敷の中をぶらつくことにする。

「あ、閣下じゃないですか！　暇してるんなら手伝ってくださいよー」

ルトが適当に屋敷内を散策していると、屋敷の仕事を手伝っていたらしき部下の一人に声を掛けられた。

その内容は主《あるじ》に対するにしてはあまりに気安い。ルトにとってはお馴染《なじ》みの態度であるが、如何《いかん》せん場所が少し悪かった。

周囲で忙しなく作業をしていた使用人たちが、あまりのことに一斉に固まったのだから。

「馬鹿野郎。主に雑用させようとするんじゃねえ。そもそも立場的にできるわけねぇだろ。……あと、いきなり普段のノリを出すな。周りの使用人が驚いてるだろうが」

呆《あき》れ半分にルトが窘《たしな》めると、部下もまた己のやらかしに気づき頭を掻《か》く。

「あはは……。こりゃすみませんね皆さん。我々と閣下は普段はこんな感じなんですよ。もちろん、時と場所はしっかり選ぶのでご安心を。ガスコイン家の名に泥を塗るようなことはいたしませんので」

「本当に注意しろよ？　ここは戦場じゃなくてリーゼロッテの屋敷だ。内々で済ませられる範囲なら俺は気にせんし、リーゼロッテもうるさく言わないと言質《げんち》は取ってある。だが調子乗って下手打ったら容赦なく〆《しめ》るからな。他の奴《やつ》らにも伝えとけ」

「ハッ！　了解でございます！　……それはそうと、普通そこは〆るじゃなくて罰するって言いません？　閣下ももうちょい言動に気を配った方がよろしいのでは？」

「残念だが、これが立場の違いってやつだ。俺にとやかく言えるのは皇帝陛下とアクシア殿ぐらいだからな。他の奴らに言動を咎められたところで問題ねえんだよ」

「貴族としての品性や気品の類いは、ちいとばかし話が違うと思うんですがねぇ……？」

堂々と言い切るルトに対し、部下は実に微妙な表情を浮かべて首を傾《かし》げる。……なお、周囲の使用人は声にこそ出さぬが部下の意見に激しく同意していた模様。

「完全に普段のノリでいた自分が言うのもアレですがね、せめてこう、もうちょい上品な感じになりません……？　大公なんすから、もっと堂々と威厳のある感じにですね」

「堂々としてんだろうが。何の文句があるんだこの野郎」

「その堂々の仕方はチンピラのそれなんですよ。貴族じゃなくて大衆酒場にいる人種なんすよ」

「やかましいわ。最終的に魔神としての役目を果たせば、貴族的だろうが酒場のチンピラ……」

そこでふと、ルトの脳内にある閃《ひらめ》きが走る。

「閣下？　急に黙ってどうしましたか？」

「いや、何でもない。ちょうど良い暇潰しを思いついただけだ。邪魔したな」

「……え、ちょっと!?　いきなり何処《どこ》行こうとしてるんです!?　話の流れ的にすっごい不安なんですが！」

突然話を切り上げたルトに不穏なものを感じたのか、即座に部下はルトの前へと回り込んだ。滑らかかつ素早い反応は、流石にルトをして歴戦と表する兵士なだけはあるだろう。……妙な場面で発揮されたものだが。

「何処で何する気ですか閣下!?」

「街の酒場だよ。ついでだからリーゼロッテにも伝えといてくれ。屋敷内で俺のやることもねえから、ちょっくらお忍びで街を見てくるってな」

「こっち来た初日に何言ってるんですか!?　流石にできるわけないでしょう！　そもそもさっき顔見せしたばかりなんですから、下手したら大騒ぎになりますよ!?」

「安心しろ。何のためにわざわざ顔見せしたと思ってる。髪と瞳を人の状態に戻せば問題ねえよ。

バレそうになってもどうにでもなる」

「遠回しに止《や》めろって言ってるんですよ！　てか、珍しく貴族らしいことしてたと思えばそれが狙いか！　…………って、いない!?　もしかしなくても魔法を使いやがったなあの不良大公!!」

少しの間だけ意識を凍結させた部下が、背後でなにやら叫んでいる。だが都合良いことに、外出を決めたルトの耳にそれが入ることはなかった。

⚜

夜の帳《とばり》が下りる前の夕暮れ時。茜色《あかねいろ》に染まる賑《にぎ》やかな街を、人としての姿になったルトが一人で歩いていく。

「すごい賑わいだな」

ふらりと立ち寄った市場では、その賑わいに圧倒される。飲めや歌えやの大騒ぎ、なんて例えが現実となったかのようだ。

娯楽の少ない世の中ということもあり、この賑わいもルトたちの到着が関係しているのだろうが、それを踏まえてもかなりのものだろう。

帝国の海の台所、サンデリカ。首都ベーリーにも匹敵する賑わいを見せていることに、この街が帝国の要所の一つであるということが実感できる。

「なあ店主。ちょっと訊《たず》ねたいんだが、この辺りで良い酒場はないか？　実は今日この街に着いたばかりでな。あと、コレは何て料理だ？　普通のスープっぽいが、何か変わった匂いだ」

「これはリムっていうこの辺りの郷土料理だよ。適当な小魚やらを海水で煮たスープだ。うめぇぞ？」

「海水？　飲めたもんじゃねえだろアレ」

「お、詳しいな兄ちゃん。海の近いとこの出身か？　確かに海水はそのままじゃ飲めやしねえ。だがしっかり煮て、水で薄めると飲めるようになる。腹を下すこともねぇ。むしろ磯《いそ》の風味と魚の旨《うま》味《み》が合わさって絶品なのさ」

「へぇ。そりゃ興味深い。一つ貰《もら》おう」

「へい毎度」

酒場を探すために適当な店に声を掛けたのだが、どうやら当たりを引いたようだとルトは笑う。海のないランド王国ではまずありつけない類いの郷土料理。それも海水を使ったものと説明されれば、興味も尽きないというもの。

酒場の件は一旦脇に置いておき、ひとまずこのを店を堪能することにした。

「支払いは何だ？」

「帝国貨幣で」

「ならそっち看板の値段だ。器込みが上。器を返すのなら下だ」

「下で頼む」

「はいよ。……うし、丁度だな。んじゃ、コレだ。空《から》の器はコレに入れてくれ。サンデリカは初めてなんだろ？　サービスで魚をちと多めに入れといたぞ」

「お、ありがたい」

気前の良い店主に機嫌を良くしながら、スープが並々と注がれた器を受け取る。そして一口。

「……美味《うま》いな」

口の中に広がる旨味に、思わずルトは目を見張った。どうやら本当に当たりの店を引いたようで、下手な飯屋よりも断然美味かった。

海水。なるほど、ただの塩味とは深みが違う。海独特の磯の風味というべきか、複雑でありながら優しい後味だ。そこに加わる魚の旨味が、さらに味の広がりを与えている。

「いや、本当に予想以上だな！　こうして味わうと納得だ。海の魚と海水、そりゃ相性も良いはずだ。しかもそれだけじゃないなコレ。海産物とは違った感じの甘味《あまみ》もある。砂糖じゃねえ……野菜か？」

「オイオイ。なんだ兄ちゃん、若いくせして結構な美食家か？　良い舌持ってるじゃねえか。正解だ。屑《くず》野菜と秘伝のタレを一緒に煮て味を整えてんだ。これをするとグッと味が良くなるんだよ」

「なるほど。煮込みの類いに野菜を入れるのはよくあるが、海の物と合わさるとこうなるのか。こりゃ美味い」

海水と魚。それだけでは若干塩味に傾きすぎるのだろうが、野菜特有の甘味が加わることで良い塩梅《あんばい》となっている。

「具も美味い。魚は単純に味が染みてるし、たまに感じるワタの苦味が飽きさせない。こうして量が入ってると腹持ちも良さそうだ」

スープとともにもぐもぐと魚を噛《か》み締《し》めれば、また違った味わいが口の中に広がる。……リム、侮り難し。

味わいながら器を傾けること数分。見事にルトはリムを完食していた。

「満足だ。これならお貴族様にだって出せるんじゃねえか？」

「ハハッ。ベタ褒めしてくれるじゃねえか兄ちゃん。流石にそこまでじゃねえさ。だがま、そうやって美味そうに食ってくれると、店をやってる甲斐《かい》があるってもんだ」

「偽りのない評価なんだがな」

大袈裟《おおげさ》だと笑う店主に対し、ルトもまた苦笑を浮かべた。実際に貴族が絶賛していると知ったら、この店主も腰を抜かすだろう。試しにやってみたくもあったが、ここで妙な騒ぎを起こすのも悪いと思い自重する。

そして空の器を返しながら、ルトは本来の目的である酒場についてを再び店主に訊ねる。

「さて。良い感じに腹も膨れたことだし、そろそろ酒も入れたいな。もう一度訊《き》くが、オススメの酒場はないか？　こんな美味い品を出してる店主のオススメ、是非知りたいところだ」

「ハッハハッ。本当に持ち上げるのが上手《うま》いな兄ちゃん。それならあっちに市場を抜けて、右の通りに入ったところの海猫亭って酒場がオススメだ。値段も手頃で酒も豊富だ。飯も美味いぞ。……流石にリムはうちに及ばねえがな」

「だろうな。ココでしかリムは食ったことがねえが、それでも飛び抜けた美味さなのは間違いないだろうよ」

「当たり前よ！　この市場でも人気なんだぜウチは」

ニヤリと笑う店主に、ルトは当然だろうなと納得する。出される品は絶品で、店主の人柄も良いのだ。コレで人気が出ないわけがない。

「ただ兄ちゃん。酒場を求めるのは結構だが、宿は取ったのか？　見ての通り今日は賑わってる。新しい領主様と、あの炎神様に並ぶすげぇ魔術師様がやってきたからな。一目見ようとこの辺りの奴らが集まってるんだ。下手すると宿がなくなるぞ？」

「そりゃ大丈夫だ。実はこの街に越してきたんだよ。寝床はちゃんとある。飲みすぎて石畳を寝床にしなきゃな！」

「そうなのか！　そりゃ目出度《めでた》いな。だったらまた来てくれよな！」

「こんな美味い店、贔屓《ひいき》にするに決まってんだろ。言われなくたってまた来るわ。んじゃな、店主。美味かったぞ」

「おうよ、毎度あり！　それじゃあ次を楽しみに待ってるぞ。あ、飲みすぎてそこらで寝るんじゃねえぞ！　サンデリカは治安が良い方だが、それでも悪人はいるからな！　あと酔っててもスラムには近づくなよ！　一目見りゃ分かるはずだ！」

店を去るルトにわざわざ声を上げていろいろと忠告してくれる店主に、自然と苦笑が浮かぶ。まさか初見の客にここまで世話を焼くとは。オマケに店の紹介、忠告等々。早くもルトの中であの店はお気に入りとなった。

「随分と幸先《さいさき》が良い。こりゃ酒場も楽しみだ」

海猫亭。あの気の良い店主が勧めるのだから期待が膨らむというもの。自然とルトの足取りも早くなる。

「それにしても、サンデリカ。我が婚約者様の街は中々に素晴らしいみたいだな」

黄昏《たそがれ》の街。星の光が覗き始めた空を眺めながら、ルトは人混みへと消えていった。

⚜

大通りから一本外れた通りに、その酒場は立っていた。

酒場、海猫亭。ほどほどの広さの店内と立地を踏まえるに、外部の人間よりも地元民をターゲットにしている店なのだろう。

「失礼。席は空いているか？」

「あ、いらっしゃいませ！　えーと、あ。あちらの席にどうぞ！　……はーい、ただいま向かいまーす！」

そんな感想を抱いて入店したルトを迎えたのは、給仕らしき少女の声と、それを掻き消さんばかりの喧騒《けんそう》である。

「……中々に混んでるな」

比較的隠れ家的な印象を感じる店であったのだが、予想に反して酒場は盛況。というよりも、ルトが空いていたテーブル席に座ったことで満席となった。

意外と知名度がある店なのかと一瞬思うも、全体的に慌ただしく感じるので恐らく違う。目につく限り給仕は三人。年配の女性給仕はベテランなのかキビキビ動いているが、ルトを案内した少女給仕はどこかたどたどしく、最後の一人である十歳ほどの少年給仕に至っては、疲労から今にも目を回しそうになっている。

どうも店のキャパシティを超えて繁盛しているように思える。リム屋の店主がルトたちを見るために周辺から人が集まっていると言っていたので、この店もその影響を受けたのだろう。

そういう意味では売り上げに貢献したと言えるのだろうが、ルト的には『混雑の原因』と表現した方が正しい気もする。微妙な据わりの悪さを感じるのが本音であった。

「キミ、ちと訊きたいことがあるんだが」

「へ？　あ、はい何でしょう？」

「エールを一つと、何か酒に合うツマミはないか？　実はこの街に越してきたばかりでな。リムみたいな郷土料理系だと嬉《うれ》しいんだが」

だからだろうか。オススメを訊きながら、そのまま適当な話題を広げようとルトは考える。

そうすれば一息ぐらいは吐《つ》けるだろうと、少年を気遣ってのことだ。

「それなら良いのがあります。郷土料理ってわけじゃないんですけど、最近ウチで出し始めたやつです。揚げ芋って言うんですけどね。酒のツマミになるって評判なんですよ」

「……揚げ芋？」

だが少年から返ってきた言葉に、気遣いなど関係なく興味を引かれた。

「揚げ、ねぇ。あんまり聞かないな」

「あー、確かに一般的な調理法じゃないかもしれないっすね。親父《おやじ》さんに教えた時も知らないって言ってたし」

「……もしかして、その品を考えたのはキミなのか？　口振りからして、この店の子じゃないみたいだが」

「あー……。まあ、はい。ちょっといろいろあって、あっちの姉ちゃんと一緒に故郷から出てきたんです。この店の親父さんと父が知り合いだったので、その縁で」

「っと、悪い悪い。人様の事情に口出すつもりはなかったんだが。つい気になっちまって、余計なことを訊いた」

少年の反応に、直《す》ぐにルトは謝罪を返した。口を濁したところを見ると、あまり触れられてほしい話題ではなかったのだろう。少なくとも、今日初めての客の立場で聞くべきことではない。

「いえいえ、大丈夫です。それに俺みたいな子供が教えたってなれば、気になるのも当然ですしね。と言っても、単に将来の夢が発明家なんで、いろいろと話を聞いたり、考えるのが好きってだけなんですが」

「……へぇ？　つまり揚げ芋とやらはキミの発明品第一号ってことか」

「いやー、どうなんでしょうね？　単にこの辺りじゃ広まってないだけで、何処かにはもうあるかもしれませんし」

「その地域になくて、誰かの案を盗んだのでなければ、それはもう立派な発明だろうさ。堂々と胸を張って良いと思うぞ」

「えへへ。ありがとうございます」

ルトの言葉に少年は照れたように笑う。あまりこの手の言葉を掛けられた経験がないのかもしれない。

「じゃあとりあえず、エールとその揚げ芋とやらを一つくれ」

「かしこまりました」

「あとコイツをやろう。悪いことを訊いた詫《わ》びだ」

「わっ……え？」

注文とともに、ルトは少年に硬貨を一枚投げた。所謂《いわゆる》チップというやつだ。妙なことを尋ねた詫びと、興味深い話を聞かせてもらった礼であった。

「そんな……しかも帝国銀貨!?　悪いですよお客さん！」

「気にするな。端金《はしたがね》だ」

「いや結構な額ですよ!?」

何でもないように応えるルトに、少年は慌てながら声を上げた。

与えられたチップが、フロイセル帝国で造られている銀貨であったからだ。

銀の含有量が多く国際社会においても信用度がとても高い代物であり、帝国金貨のような一般市民では滅多《めった》にお目にかかれないというほどではないにしろ、子供に対するチップとしては破格も破格。

少年の反応は当然といえるだろう。

「良いから取っておけ。小さいくせにずっと働いてるんだろ？　たまには苦労がうんと報われてもバチは当たんねぇよ」

「あ、ありがとうございます！　俺、リックっていいます！　もし良かったらまた来てください！　うんとサービスしてくれるよう親父さんに頼んどきますんで！　もちろん今回も頼んでおきます！」

「ああ、楽しみにしとくよ。それよりほれ。そろそろ行った方がいい。お目こぼしも限界だろう。お姉さんだっけ？　チラチラ睨《にら》んでるぞ」

「やっべ!?　すいませんっ、じゃあ失礼します！」

そうして一度ルトに頭を下げた後、リックと名乗った少年は早足でテーブルから離れていく。

その足取りは軽い。雑談のお陰で一息吐けたのか、それとも思わぬ臨時収入に疲れが吹き飛んだのか。

「……にしても、発明家ねぇ」

どうしたものかねと、ルトは慌ただしい店内を眺めながら小さく呟《つぶや》く。

小さな身体でチョロチョロ動き回るリックと、サボっていたことを咎めたいのかそんなリックを時折半眼で睨む姉。姉弟《きょうだい》仲は良好そうだ。

「妙な縁ができたもんだ」

思いつきのお忍びだったが、その成果はお気に入りの店が一つと、興味深い少年との縁が一つ。

「揚げ芋とエールです。すいません、なにか弟がお世話になったみたいで。お礼にお芋、ちょっと多めに盛ってあります」

「ああ、こりゃどうも」

リックの姉が苦笑とともに運んできたのは、エールがなみなみと注がれたジョッキと、黄金色に輝くスティック状の芋。

リックの姉には気にするなと軽く返し、ルトは早速アツアツの芋を一本口に運ぶ。

「――ああ、美味い」

丁度良い塩加減に、ホクホクとした食感。なるほど、これなら酒に合うのも当然だ。

ゆっくりと芋を味わった後、こっそり魔法で冷やしたエールを呷《あお》る。

「……美味いな」

リムから始まり、辿《たど》り着《つ》いた一杯。人に、料理に。わずかな時間で出会いすぎなぐらいに出会った。

それはルトの中で、感傷に浸るにあまりあるものだった。

――だからこそ。

「アアッ!?　どういうことだもういっぺん言ってみろ!!」

何処からか聞こえてきた怒声は、ルトの神経を逆撫《さかな》でするには十分すぎた。

「……祭りは馬鹿も増えるか」

無粋な輩《やから》。怒声の主に対して、まずルトが抱いたのはそんな印象である。

チラリと視線を向ければ、そこにいたのは三人の男たち。すでに酒が入っているのか顔が赤い。

「ですからもう満席なんです。申し訳ありませんが、席が空くまでお待ちいただくか、お引き取りください」

運悪くというべきか。男たちの対応していたのはリックの姉だった。

給仕に就いてまだそれほど経《た》っていないのだろう。タチの悪い酔っ払いに対してやってはいけないことをしてしまっている。

「ふざけんな！　どこもかしこも満席満席！　こちとら客だぞ!?　田舎者《いなかもの》は相手しねぇってか!?　街だかなんだか知らねぇがお高くとまりやがってよぉ！」

案の定というべきか。頭を下げた少女に対して酔っ払いたちが怒鳴る。あの手の輩は獣と同じだ。一度下手に出てしまえば無駄に勢いづけてしまう。

女将《おかみ》らしき年配の女性給仕が慌ててフォローに入るが、時すでに遅し。一度ヒートアップした酔っ払いたち、特に最初から怒鳴っていた男は一向に止まる気配がない。脈絡もない言い掛かりを延々吐き出し続けている。

元々気が立っていたのだろう。口ぶりからして男たちは地元民ではない。旅疲れ、賑やかな日に今ひとつ乗り切れない不満などが相まって、面倒な方向に爆発してしまったようだ。単純にチンピラの可能性も高いが。

「……人が集まれば治安も荒れるか。にしても、白けるなぁオイ」

賑やかだった店内は男たちのせいで静まりかえっている。

こういう店では勇ましく立ち上がる者もいたりするのだが、どうやら今回はお行儀の良い客ばかりが集まっているようだ。あとは新領主就任の祝日に騒ぎを起こし、罰せられるのを恐れたか。

エールを呷りながら、さてどうしたものかとルトは考える。不愉快な輩ではあるが、わざわざ絡みに行くのも面倒だ。なにより事態が悪化したところでルトの出番などなさそうだ。となれば、不快ではあるが静観しておくべきだろ――。

「オイそこの小僧」

「――あん？」

ルトが酒とツマミに意識を戻そうとした時であった。酔っ払いの一人が、ふらりとルトの卓へとやってきたのは。

「小僧がいっちょ前に一人酒なんてしてんじゃねぇよ。オラそこどけや」

「は？」

「は？　じゃねぇんだよ。分かんねぇか？　俺ら困ってんだよ。いい気分で酒飲みにきてんのによ。お前が席占領してるせいで飲めねぇんだよ！　さっさと譲れや!!」

「……あ？」

ルトの口から自然と冷たい声が漏れた。酒の席を白けさせ、挙句の果てに意味不明な理由で絡まれる。

ただでさえ無粋な輩と思っていた上でコレだ。静観しようと思っていたが、一瞬でその気は失《う》せた。

「ちょっと！　他のお客様に迷惑かけるのは止めてください!!」

「うるせぇなぁ!!　この餓鬼を追い出せば三人分の金が入るんだ！　店としては文句ねぇだろうが!!」

「そうだ引っ込んでろ!!」

「きゃっ」

リックの姉が咄嗟《とっさ》に割って入るが、追い付いてきた男の仲間たちによって突き飛ばされてしまう。

あっという間に騒ぎの中心がルトの卓になる。そうして浴びせられる怒声と脅しの数々は、粗野な空気に慣れているルトをして不愉快極まりないものであった。

「……どっちが餓鬼だ。つまんねぇ酔い方しやがって。他人に迷惑かけるんなら酒なんか飲むんじゃねぇよ」

「……は？」

「は？　じゃねぇよ。頭どころか耳にまで酒が回って馬鹿になったか？　痛い目に遭いたくなければさっさと消えろって言ってんだよクソが」

予想していなかったのだろう。たった一人の、それでいて男たちよりも明らかに小柄な少年が、数的にも体格的にも勝っている自分たちに歯向かうということを。

「……オイ餓鬼。テメェ今なんつった？　喧嘩《けんか》売ってんのかゴラァ!!」

「喧嘩売ってんじゃなくて忠告してやってんだよ。その酒漬けになってる脳みそでも分かるようにもう一度言ってやる。痛い目に遭いたくなければさっさと消えろ。不愉快だ」

「ぶっ殺す!!」

その忠告は絶対強者としての慈悲だったのだが、残念なことに男たちは理解できなかったらしい。

最初に絡んできた男が、ルトの顔面目掛けて拳を振るう。その拳は大振りで、技術もへったくれもない力任せ。喧嘩慣れはしているのかもしれないが、素人《しろうと》の域を出ることはない低レベルなもの。

「はぁ……」

当然ながら、そんな素人パンチが魔神格の魔法使い、いやそれ以前に兵士として戦場に出た経験のあるルトに通用するはずがなく。

男が拳を振るった時には、すでにルトは椅子から立ち上がり移動していた。

一瞬にして男の死角に回り、首を摑《つか》むと同時に足を払い顔面から床へと叩《たた》き付ける。

「ガッ!?」

あまりに鮮やかなルトの叩きつけに、酒場の空気が凍りつく。男の拳が椅子やテーブルを荒らすより先に床へと叩き付けたその手際。さらには酒場の物に一切の損害を与えていない配慮は、明らかに実戦に慣れた者のそれであった。

別にこの一連の動作は凍結の力を使ったわけではない。これはルトの素の格闘能力だ。

ルトとて兵士として戦場に出た身。組討ちの心得は当然ある。少なくとも、酔っ払ってマトモな判断すらできないチンピラ、それも力自慢なだけの素人など簡単に制圧できる。

「さて……」

「がぶっ!?」

一瞬で一人を無力化したルトが、ゆらりと立ち上がる。ついでに横たわる男の腹に蹴りを入れ、反応を確認。くの字になった際に声が上がったので、少なくとも生きてはいる様子。

その時点でルトの中から足元の男に対する配慮が消えた。念のためと生死の確認はしたが、生きてさえいればどうでもいいのだ。

恐らく顔面は悲惨なことになっているし、首や頭蓋も痛めているかもしれないが、その辺は自業自得だろう。本来ならば身分差的に無礼討ちされても文句は言えないのだから。

「オイ。この屑と同じような目に遭いたくなきゃ、コイツを引きずってさっさと消えな」

「つ、ふざけんなこのクソ餓鬼!!　仲間やられて引き下がれるかよ!!」

「ぜってぇぶっ殺す!!」

「……コレでも引かねぇとか一周回って尊敬するぞ。マジで酔っ払いすぎて理性飛んでんじゃねぇだろうな」

酔いから醒《さ》めてもおかしくないような、えげつない無力化の仕方をしたはずなのだが。

ルトの思惑に反して男たちはさらに声を荒らげている。よほど酔いが深いのか、それとも血気盛んな性格なのか。どちらにせよ救いようがないのは変わりない。

処置なしとルトは肩を竦《すく》める。すでに男たちは引き際を間違えたのだ。

――なにせこの場には、ルトよりも怒りに震えている者がいる。

「つ、こっちが穏便に済ませようとしていれば調子乗って……!!　いい加減にしろこのクソ野郎ども!!」

「ぐあっ!?」

「ッ、ガッ!?」

恐らく男たちよりもずっと強いであろう少女、給仕であるリックの姉が、背後から男たちを魔術でもって叩きのめしたのである。

「あー、あれは痛い……」

一部始終を目撃していたルトは、つい苦笑いを浮かべた。苛烈さという面ではルトの方が上だが、リックの姉のそれはまた別ベクトルで容赦がなかった。

おそらく軽めの強化の魔術をかけていたのであろう。細身の少女らしからぬ力強さで手にしていたトレーを振り抜き、男たちの太ももを殴打したのだ。しっかりトレーを縦に構えた上で。大の男であっても悶絶《もんぜつ》必至の一撃。下手したら大腿骨《だいたいこつ》が折れていてもおかしくない。的確な攻撃は明らかに慣れている者のそれである。

対応している時点でやけに反骨心のある眼差《まなざ》しを浮かべていたのでルトも静観していたが、どうやら予想以上の人物だったようだ。

「見事なもんだな。魔術も使っていたようだし、もしかして元兵士か?」

「へ? あっ、いえそういうわけでは。ただ一時期首都の魔術学院に通ってまして。その時に友人の勧めで戦闘魔術の講義に出てたので……」

「なるほど。魔術学院の。リックの受け答えもしっかりしていたし……いや、失礼。余計なことを言った」

「あはは。弟がいろいろ話したみたいですね。お気遣いありがとうございます。まあ、そういうことでちょっと強いんですよ私。あ、申し遅れましたが、私はリックの姉でナトラといいます」

そう名乗りながら頭を下げる少女、ナトラに、ルトは確かな教養を感じとった。

学院に通っていたとの証言もあるので、やはり元は結構な家の出なのだろう。事情は不明だが給仕としてこうして働いている以上、就職に制限がかかっているわけでもなさそうだ。ということは、そうした制限のかからない富裕層寄りの手続きで学院に通っていたことになる。相応の家柄であったことは明らかだ。

だが同時に手際の良さにも納得である。その気があったかどうかは別として、彼女は帝国の魔術兵としての教育も受けていたのだから。

酔っ払いの一人や二人、制圧するぐらい容易《たやす》いはずだ。

「それより申し訳ございませんお客様。本当ならもっと早く止めるべきでしたのにご迷惑を……」

「いや。かかった火の粉を払っただけだ。悪いのはそこのクソどもだよ。だから謝る必要はない」

店側の対応が間違っていたわけでもないのだ。わざわざナトラを責める気はルトにはない。

「そう言っていただけると助かります。ただやはりご迷惑をおかけしたので……あ、はい。大丈夫とのことなので、本日のお代は無料とさせていただきます」

店主との一瞬の目配せのあと、代金の免除がナトラから提案される。

「詫びなど必要ないんだが……。だがまあ、せっかくの厚意を無駄にするのも悪いか。ありがたく受け取ろう」

詫びは相手に対する謝罪だけでなく、詫びる側の罪悪感を軽減させる面もあるのだ。ここで食い下がるのは無粋だろう。

「とは言え、だ。空気を凍らした奴が居座っても迷惑だろうし、今日はもうお暇《いとま》させてもらおうか」

「いえそんな！　お客様がそのようなことを気になさる必要は……！」

「嫌気がさして帰るんじゃない。静まった酒場で飲んでも美味くないってだけだよ。ここのツマミと酒は美味い。また日を改めてお邪魔させてもらう」

本当に上品な客が多かったのか、酔っ払いたちの呻《うめ》き声によって酒場の空気は冷えきっていた。

そんな状況で酒を飲んでもあまり楽しめないだろう。無料であってもだ。

静かに酒を呷るのも悪くはないが、本来賑やかな酒場が静まりかえっている状況は違う。なら日を改めた方が無難だ。

「本当に申し訳なく……。次のご来店の際にはめいいっぱいサービスをさせていただきます」

「そうか。それじゃあ楽しみに――」

「ふ、ざけんなぁテメェら……!!」

ルトが店を出ようとした時である。足元で転がってたうちの一人が声を上げたのは。

「……あぁ。すっかり忘れてた。そのまま黙ってれば見過ごしてやったのに」

不快な気分がぶり返したことで、ルトの眼差しが、永久凍土のそれに変化する。

酒場の給仕らしからぬ勇ましさを備えたナトラが、ルトの放つ気配に後ずさったほどだ。

だが悲しいかな。酔いと怒り、痛みで冷静さを欠いている愚か者はそれに気づかない。

「ナトラ。何か縛るものはないか？」

「……多分ありますけど、何をするつもりでしょうか？」

「縛りあげてスラムに放り込む」

「それ下手したら死んじゃいますよ!?」

たまらずナトラが叫ぶ。治安が良いとされるサンデリカであっても、スラムとなればこの酔っ払いたちがマトモにしか思えないようなロクデナシの巣窟。

そんな場所に拘束された上で放り込まれたりすれば、最低でも身ぐるみを全て剝《は》がされるし、運が悪ければ殺される。

そんな手段を躊躇《ちゅうちょ》なくやると言ったのだ。一般的な感性をしているナトラ、いや酒場にいた全員がドン引きしていた。……大公であるルトからすれば、まだ生き残る可能性があるだけ温情ある処置のつもりなのだが。

「ふざけんじゃねぇ!!　こんなことしてタダで済むと思ってんのか!?　絶対に許さねぇぞテメェら！」

「ほう？　無様に転がってる状況で吠《ほ》えるじゃねぇか。一体どうしてくれるんだ？」

「俺の兄貴は警備隊だ！　訴えて牢《ろう》にぶち込んでやる!!」

念押しするとルトは大公だ。さらに言えば、立場を明かせば男たちは牢屋どころか処刑台行きだったりする。……流石に馬鹿らしいのでやらないが。

「身内に頼るとか餓鬼かお前。悪酔いして〆られた奴がよくそんな台詞《せりふ》吐けるな。恥ずかしくねぇのか」

「あきらかにそんな次元じゃねぇだろうが!! 特にそこの女! テメェ魔術を使ったんだろ!? 魔術で一般人に手を出すのは重罪だぞ!?」

「はぁ? 太腿《ふともも》を強めに叩かれたぐらいで捕まるわけないでしょう? 大怪我《おおけが》させてもないんだから」

「うるせぇ!! こちとら怪我してんだよ! 魔術で怪我させられたんだかられっきとした事件だろうが! 兄貴に頼んで絶対に牢にぶち込んでやるから覚悟しやがれ!!」

痛みで未《いま》だに立ち上がることすらできない男が、みっともなく叫び続ける。

その姿はあまりにも無様であり、そんな状態でなお絡んでくることがルトには不愉快極まりなかった。

もはや我慢の限界。ルトの心情を端的に表現すれば、この言葉に尽きる。

「ナトラ。やっぱりロープ持ってきてくれ」

「……その気持ちは痛いほど分かるのですけど。申し訳ありませんがお客様。流石に殺人になりかねないようなことのお手伝いは……」

「安心しろ。気が変わった。スラムに放り込むのは止めだ。警備隊の詰所まで引きずって、コイツの兄貴とやらに直々に牢屋にぶち込ませる」

「はぁ!? んなことできるわけが……!!」

「できるんだよ。お前の兄貴は警備隊らしいが、奇遇なことに俺もそこそこな立場でな。と言っても、今日この街にやってきたばかりなんだが」

「……は？」

ルトの言葉によって男が固まる。今日この街に来たばかり。その立場が持つ意味を理解したから。

本当の身分をルトが明かさなかったのは、男たちに対する最後の温情であり、それ以上に今後この店に通いにくくなることを避けたからという理由が大きい。

だがそれでも、今日やってきたそこそこな立場という言葉は重い。それすなわち領主に仕える身分であるからだ。

貴族に仕えることができるのは、身元が確かな者のみ。公爵位の貴族に仕えているとなれば、その者もまた爵位持ちの貴族であってもおかしくないのだ。

少なくとも肉体労働者であろう酔っ払いたちとは、身分という意味では比べものにならない差がある。

それでようやく叫んでいた男は、いや酔っ払っていた男たちは気づいた。自分たちがとんでもないことをしでかしていたことに。

自分たちの方が犯罪者、それもかなりの重罪を犯している可能性があることに気づいてしまった。

「……お、おいおい。変なこと言ってんじゃねぇよ。貴族様の名を使うのは、それこそ極刑ものの重罪だぞ……？」

「おいおい。俺は今日この街にやってきた、そこそこな立場の人間としか言ってないんだがな？　具体的に何処かの家の名を語ったつもりはないが、そこまで言うなら仕方ない。俺の罪とやらも含めて警備隊の方で確認しようじゃないか」

「ひ、ひいっ……!!」

「そ、そんなのゴメンだ！」

貴族のような迂遠《うえん》な言い回し。そのあまりの自然さに、ルトの語った内容がタチの悪い冗談の類いでないことを理解したのだろう。

足を殴打されたことで意識が残っていた二人は、気絶している仲間も見捨ててなんとか逃げ出そうと這《は》いずり始めた。

「どこ行くつもりだこのクソ虫ども」

「あぐぁ!?」

「ぎぎゃ!?」

だが、それをルトが許すわけもなく。這いずる男たちの腹を容赦なく蹴り上げ、その無様な逃亡を止めさせる。

「ナトラ。ロープ」

「は、はい！　ただちにお持ちします！」

ルトが高位の身分の可能性が浮上したためか、今回の要求はあっさり通った。

そして慣れた手付きで男たちの両足首を縛り、余ったロープを手に持った。

「……あの、まさか本当に引きずっていくつもりでしょうか？　警備隊を呼ぶのではなく？」

「引きずった方が制裁になるだろ」

「いやでも、男三人はかなりの重量かと……」

「俺も強化の魔術を使えるからな。この程度は問題ない」

「それはかなりの魔術では……？　あの、やはりお客様は……」

「気にするな。戦場にも出るちょっと偉い身分ってだけだ」

「ア、ハイ」

一瞬にしてナトラが口を閉じる。戦場に出るような偉い身分となると、軍の士官や貴族といった立場が真っ先に思い浮かんだからだ。

これ以上深入りしてはならないと、平民であるナトラは心に刻んだ。

「さてクソ野郎ども。詰所までの楽しい楽しいお散歩の時間だ。遠慮なく引きずってやるから、しっかり酔いを醒ませよ。今後の受け答え次第で、お前らの人生が決まるかもしれないからな」

「「ヒィッ……!?」」

「それじゃあな。また日を改めてお邪魔させてもらう」

「あ、はい！　こちらこそ本当にご迷惑をおかけしました！　次の御来店を心よりお待ちしております！」

「堅いなぁオイ。酒を飲みにくる客にそんなかしこまるもんじゃねぇぞ」

そう苦笑しながら、ルトは海猫亭を後にした。ズルズルと大きな荷物を三つ引きずって。

――なお。

「勝手に抜け出したと思えば、なに変な騒ぎを引き起こしてるのですか閣下!!」

男三人を引きずって歩く不審者は、当然ながら警備隊に通報され。

紆余《うよ》曲折《きょくせつ》の果てに駆けつけたハインリヒに、ルトはしこたま説教されたのであった。


「本当に反省してください閣下！　初日からこのような騒ぎを起こすなど！　そもそも抜け出すこと自体が言語道断！」

「悪かったと言ってるだろうハインリヒ。暇だったんだ」

「暇だからと言って姿を消すのは子供のすることですぞ!!」

屋敷に戻ってもなお説教が止まらぬハインリヒに、ルトはやれやれと肩を竦める。

お忍び先で起きたトラブルは、権力者としての特権である『上手くやれ』という丸投げで解決済みなのだが……。

それでは気が済まない、いや済ませることができないのだろう。主に対して砕けた言動をするくせに、根本的な部分での真面目さが覗いていた。

「私とて口うるさくはしたくないのです。閣下の性格は知っております故。ですがこれは閣下だけでなく、婚約者であるリーゼロッテ様にも影響がございます。家中でお二人が不仲などという噂が流れたらどうするのですか」

「その程度で妙な噂を流す不忠者など叩き出せ。公爵家には不要だろうよ。……分かってる。そういう問題ではないと言いたいんだろ？」

「ええ。よくお分かりで」

「安心しろ。これも全て必要なことだ。そういうことにしておけ」

「閣下。確かに閣下は思慮深く聡明《そうめい》でございます。閣下の言動には、私のような者には考えつかない思惑が隠されていることがあるのも重々承知しております。……ですが今回はそうでない気配がするのですが、これは私の勘違いでしょうか？」

「勘違いではないな」

「閣下！」

せめて誤魔化《ごまか》せと訴えるハインリヒに、ルトはケラケラと笑いながら立ち上がる。なお、今までは自室の長椅子に横たわりながら、ハインリヒの説教を受けていたことを追記しておく。

「そこまで言うなら仕方ない。リーゼロッテのところに顔出してくる。この時間に訪ねれば不仲など言われることもなかろうよ」

「今からでございますか!?　流石にそれは不味《まず》いのでは。時間も時間です。すでにお休みになられてるかと」

騒ぎの対処にハインリヒの説教。そうした諸々《もろもろ》が重なり、すでに夜中。

人によっては就寝していてもおかしくない時間帯であり、約束もなしに訪問するには非常識と咎められても文句は言えない。

だからこその提言であったが、ルトは大したことではないと言いたげに軽く身嗜《みだしな》みを整えていた。

「訪ねたという事実が重要なんだよ。寝てたらそれはそれだ。ああ、分かっていると思うがお前はついてくるなよ？　相手はうら若き乙女《おとめ》だ。婚約者の付き人と言えど、寝姿など見られたいものではないだろう」

「それは当然ですな。むしろ閣下にもそれは当てはまるかと。似合わぬぐらいに積極的ですが、何が目……ちとお待ちくださいさい。もしや閣下、どさくさに紛れて私に説教を切り上げさせようとしてませぬか？」

「正解」

「だからせめて誤魔化してください閣下!!」

「行ってくる。お前もしっかり休めよ」

「……っ、はぁ。行ってらっしゃいませ」

全ての文句を呑み込んだであろうハインリヒに見送られながら、ルトはひらひらと片手を振りながら自室を後にする。

そうして屋敷を移動することしばらく。リーゼロッテの私室を知らなかったこともあり、多少迷いながらもルトはようやく目的地へと辿り着く。

寝ている可能性も踏まえ、ノックは控え目に。就寝していたら即座に引き返すつもりだ。すれ違ったメイドに私室の位置を教わったりもしているので、半ば目的は達成したようもの。顔を合わせることに執着する必要はない。

むしろ就寝していてくれた方が手間もないとすら思っていたりする。もちろん、それが身勝手であるとの自覚はある。

『――何か？』

だが幸か不幸か、リーゼロッテはまだ起きていたようだ。

ただ扉越しに聞こえてくる声からは、若干の不信感が感じ取れる。この時間帯にわざわざやってくる者に心当たりがないからだろう。

「俺だ。少し話がしたいんだが構わないか？」

『旦那様？　少々お待ちください。身なりを整えますので』

驚きの混ざった声。だが拒否するつもりはないようで、かすかな衣擦《きぬず》れの音が響いた後に扉が開く。

艶《あで》やかな髪は緩くまとめられ、上質な絹特有の光沢を放つネグリジェを身にまとった姿。軽く羽織るブランケットが、今しがた聞こえた衣擦れの音の正体だろう。

明らかな就寝間際な姿に、これはむしろ間が悪かったかとルトも頭を掻く。

「こんな時間に悪いな。寝る直前だったたか？」

「いえ。月明かりに照らされる海を眺めていたところです。それより何か御用でしょうか？」

「大した用はないんだが。ハインリヒにドヤされてな。公爵家発足の記念すべき日に、婚約者を放っておく馬鹿が何処にいるって。そんなわけで、少しばかり親睦を深めようかと」

「あら。それで夜這《よば》いなど旦那様は大胆ですわね」

「止めてくれ。この時間に淑女の部屋を訪れるのが、礼儀に欠けているのは理解している。だが他意はない。本当に話をするだけさ。嫌なら断ってくれて構わないよ」

「ふふっ。旦那様がそのような方でないのは存じておりますわ。でも驚いたのは事実ですので、ほんの仕返しです。……ただ夫婦として親睦を深めるというのは、私としても願ってもないことです。ささ、お入りくださいな」

「本当に敵《かな》わないな」

茶目《ちゃめ》っ気溢《けあふ》れる笑みとともに部屋の中へ入るよう促され、ルトは苦笑を浮かべながらも後に続いた。

華美というほどではなく、されど確かな質の調度品が並ぶ室内。

公爵家当主に相応しいと言ってしまえばそれまでだが、少女の私室と考えるといささか渋いと感じてしまうのは、ルトの感覚が庶民に寄りすぎているからだろうか。

「どうぞお座りください」

「ああ。失礼する」

「それでどんなお話しをいたしましょうか？　政務のことですか？　それとも別行動を取ってからのことでしょうか？　……それとも、本当に夫婦の営みに移りますか？　その気がないというのは存じておりますが、旦那様がお望みならば私は一向に構いませんよ？」

少女にあるまじき蠱惑的《こわくてき》な笑みを浮かべ、リーゼロッテは軽く羽織っていたブランケットをはだけてみせた。

わずかに露出する首筋。染み一つない淡雪のごとき柔肌。茶目っ気混じりの挑発と表現するには、

あまりにも色気がありすぎる。

「……ふっ。背伸びするのは子供の特権だが、少しばかりはしたないぞお嬢さん。その魅せ方をするには、キミはいささか若すぎる。魅力的だとは思うがね」

だが相対するルトもまた、その手の話題では年齢以上に手慣れていた。

女慣れしていないお坊ちゃまなら、幼さすら覆い隠すリーゼロッテの妖艶さにあてられていただろう。

しかし、彼女の目の前にいるのは部下たちから不良と呆れられる少年大公。端的に言えば遊び人の類いだ。

いくらリーゼロッテが魅力的であろうとも、その手の店の嬢たちからも上客として人気だったルト相手では分が悪い。

「優秀ではあっても、やっぱりそっち方面ではまだ子供だな。普段大人びているキミが妖艶さを演出しても、慣れてる奴は子供の背伸びにしか見えんよ。むしろ気を許してる感じで、少し幼く甘えるべきだ。そっちの方が特別感があって男は揺れる」

「……はぁ。乙女としてのほんの悪戯心《いたずら》だったのですが。こうも見事に躱《かわ》された挙句、指南までされては立つ瀬がありませんわね。やはり旦那様は意地悪ですわ」

「そもそも詰めが甘いのさ。向かいの椅子を勧められた時点で、本心ではその気がないってのが明らかだろう？　必要に迫られてならともかく、そうでなければ遠慮はするべきだ。その気でない娘の誘惑に乗るのは、男としての程度が知れる」

「む……」

二人は向かい合う形で座っていた。リーゼロッテとしては、隣に腰掛けるのがはしたないと感じていたためであったが、それこそが本心の現れだとルトは笑う。

「淑女としての常識を無意識で優先したんだろうが、女として距離を縮めたいと考えてる娘はもう少し積極的だ。はしたないと思われないようにと態度を取り繕っても、一瞬の葛藤ぐらいは見せるもんだ。それすらないとなれば流石にな」

「……なるほど。ごもっともですわね」

降参だとリーゼロッテが肩を落とす。

実のところ皇女時代の英才教育の一つ、男女の駆け引きについての教えの成果を試すべきだと内心で奮起していたのだ。

それが場を整える段階で間違えていたと指摘されたことで、まだまだ己が未熟であることを痛感してしまう。

「そう落ち込むな。俺も上から目線で無粋なことをいろいろ言った。勇気を出した乙女を子供扱いしたことなんて我ながら最低だ」

それがルトのフォローであることは、リーゼロッテも当然理解できた。本心で自分の言動を採点していることも理解できた。……それと同時に呆れもした。それを相手に察させさせる辺り、あまりに手馴れすぎていないかと。

わずかに胸の奥で感じた苛立《いらだ》ち。女遊びの達人の如き振る舞いを見せるルトに対しての――ではない。それはこうも見事に内心を看破された、自分の不甲斐《ふがい》なさに対する小さな苛立ちであった。

そしてそれすら見抜いたかのように、ルトの口がわずかに弧を描く。

「ま、これでリーゼロッテも理解したはずだ。俺たちは本当に仲を深める段階なんだよ。やがて結ばれる婚約者ではあっても、異性としての関係性ではお互いにまだまだ。だからひとまず、こうして言葉を交わして仲良くなろうか。俺に挑むのはそれからだ」

「……そうですわね。夫婦としての第一歩。そう言われてしまえば、私としても否とは言えませんわ」

「ああ。じゃあそうだな、さっき言ってた別行動してた時の話とかはどうだ？　街の話とかはそっちも気になるだろう？」

「ええ。では旦那様からお願いいたします」

そうして始まる二人きりの月夜の雑談。まずは男女としての一歩を。良好な夫婦仲を築くためにという目的のもと、元皇女の新米当主と魔神で不良な少年大公は語り合う。

この夜の世界での歩み寄りは、以降は定期的に開催されることとなる。


ルトたちがサンデリカに到着してから、十日が経った。政務の引き継ぎ、近隣の有力者たちとの顔合わせなどで未だに慌ただしくもあるが、ようやく一段落の兆しが見えたと各々が肩の力を抜き出した今日この頃。

「よおハインリヒ」

「……閣下。随分と遅いお目覚めですな」

「いつも通りだろ」

それぞれの生活リズムが確立され始めた中、唯一ルトだけはだらしのない日々を送っていた。そもそも屋敷にいること自体が稀《まれ》。

「起きるのは遅い。皆が忙しく職務に励んでいる中、仕事もせずに常にぶらついている。そもそも屋敷にいること自体が稀《まれ》。随分と良い御身分ですなぁ」

「実際に偉い御身分だからな。そもそも俺の仕事は有事の戦力であることと、リーゼロッテとの仲を深めることだけだ。役目はちゃんとこなしてるが？」

「なんと言いますかなぁ……。閣下の御立場や思惑は私も理解しておりますが、それはそれとして退屈なさらないのですか？　毎日が休日みたいなものではないですか」

「自堕落に暮らせるに越したことはないだろう」

「いや、暇も過ぎれば落ち着かないかと……」

「性格の違いだなそりゃ」

怠惰な日々を至上とするルトと、現在に至るまで真面目に職務に励んできたハインリヒでは、考え方が異なるのは当然だろう。勤勉な者に怠け者の考えなど理解できるはずがないのだから。

「それに街をぶらつくのも統治する上では重要だぞ？　直《じか》に見た方が分かることもある」

「いや閣下は政務に不干渉でしょうに」

「街で気になったことをリーゼロッテに話すぐらいはするさ。丁度良い話のタネにもなる」

「そう言えば初日以降、何度か夜中にお会いになられておりますな」

「ああ。寝る前の他愛《たわい》のない雑談をな」

「言葉を交わすのは重要でございます。円満な関係を築いておいて損はありませぬ。……婚約者と言えど、未婚の男女が夜中に二人きりというのはどうかと思いますが」

「どうせ確定事項だ。問題ない」

ハインリヒの苦言はこの時代においての一般的な考えである。体面を重視する貴族、とりわけ淑女においては貞淑さを損なうような行為は慎むのが普通だ。

しかし、それはあくまで一般論。魔神であるルトが相手となれば話は変わる。

なにせリーゼロッテは、氷神を帝国に繋《つな》ぎ止《と》める鎖なのだから。二人が絆《きずな》を深めることは、歓迎こそされど止められるいわれはないのである。

「ふむ。未来の夫婦仲のためであれば、アレコレ言うのも無粋ですな」

「言われたところで気にしないが」

「忠言を聞き入れるのも上に立つ者の責務ですぞ」

「状況によるだろうが。有事ならともかく、なんで日常でまでアレコレ言われにゃならんのだ」

「年寄りは口うるさいものですからなぁ」

「なら無駄口叩かず仕事に戻れ」

「そう言われると弱いですな。ではコイン大公家の私兵隊長としてお尋ねしますが、本日はどちらに行かれる予定で？」

「発明市」

発明市。それは帝国で行われている独自政策の一つであり、職人や芸術家たちが個人的に制作した品が並ぶマーケットだ。

初めは新技術に貪欲な帝国上層部が、民間から奇抜な発想が出てくることを狙って実施されていたが、今では見習い職人の小遣い稼ぎや、無名の職人、芸術家のアピールの場となっている。

当初のコンセプトからは外れてしまったものの、新たな人材発掘の場となっていることと、中々の経済効果が見込めるために、現在も各地で定期的に開催されている、とはリーゼロッテの談である。

「発明市ですか。確かに暇を潰すのにはもってこいですな」

「ランドではなかった催しだからな。開催中は毎日通うつもりだ。サンデリカは元直轄領だけあって結構な規模らしいぞ」

「存じております。我らもリーゼロッテ様の命で警備することになっておりますれば」

「……オイ待てジジイ。じゃあなんで屋敷にいるんだよ？　人にとやかく言っておいてテメェはサボりか」

「まさか。私はこちらで書類仕事でございます。何処ぞの主が我々の指揮権をリーゼロッテ様に丸投げしたお陰で、私兵隊長の私が主の職務までこなす羽目になっているのです」

「そうか。励めよ」

「悪びれませんなぁ……」

面倒ごとを押し付けやがってというハインリヒの遠回しな苦情であったが、図太いことに定評のあるルトには全く効果がなかった。

「というか閣下、その口振りからして我々の職務内容などは把握していませんね？」

「基本的にリーゼロッテに任せてるからな。最低限の注意事項だけ伝えてぶん投げてはいる」

「……あの、閣下？　閣下は我々の名誉のために祖国すらも捨てた、とても部下想《おも》いで剛毅《ごうき》な方と記憶しているのですが」

「おいおい。直球で褒めるな。照れるだろうが」

「無表情でよくそんな台詞を言えますすな。……いえ、そうではなく。その割には我々に対して、微《み》塵《じん》も興味がなさそうな気がしてならないのですが」

「リーゼロッテとお前たちを信じているからな。多分」

「余計な一言をつけないでいただきたいのですが」

部下の、自らの私兵の動向ぐらいは大公として把握しておけという指摘に、ルトもふむと考える。

有事以外では運用することがないと割り切っていたが故に、日々の運用には関わらないつもりでいた。

また信じていたというのも事実で、リーゼロッテはルトの部下たちに妙な命令を与えることは絶対にしないと思っているし、たとえ何かあったとしても部下たちなら即座にルトに報告するであろうと思っていた。

だがハインリヒの反応を見る限りだと、完全な不干渉もあまりよろしくないようだ。心象よりも体裁的な問題として。

魔神格であるルト個人としては体裁など拘《こだわ》る必要はないのだが、やはりハインリヒたちからすれば常識的な部分が気になるのだろう。

「一理はあるか。分かった。今夜にでもリーゼロッテに尋ねてみよう」

「……目の前に私がいるではないですか」

「お前はこれから仕事だろうが」

「それはそうなのですが……」

ハインリヒとしては、自分よりも遥《はる》かに身分の高いリーゼロッテの手を煩わせるのはと、内心でかなりの抵抗を抱いていたのだが……。

結局、若い二人の話のタネになるのならと、無理矢理《むりやり》自分を納得させた。

「では俺はそろそろ行く。邪魔したなハインリヒ」

「行ってらっしゃいませ」

「ああ、何事もなければ今日は夕暮れまでには戻る。リーゼロッテにも伝えておいてくれ」

「かしこまりました」

最後に連絡事項を伝え、二人は別れたのであった。

帝国独自の取り組みである発明市。帝国に所属したばかりのルトにとって、目の前の光景はとても新鮮なものであった。

「なるほど。こりゃすごい」

普通の市場とは違う。店や屋台などの上等なものはなく、並んでいるその大半が出店。

地面に布を広げているような簡易的なものであり、その光景だけでここで商売をしている者のほとんどが個人規模であることが窺《うかが》える。

また、売られている品も興味深い物が多い。小物から芸術品まで幅広く、傍目《はため》からではどういう代物なのか分からないような物、ガラクタの類いではないかという物まであった。

良い意味での混沌《こんとん》、というのがルトの感じた印象であった。

賑わってはいるが、普通の市場よりは混雑していないこともまた、この場所の特殊性を強調している。

異国や戦場のような明らかな非日常ではなく、ほんの少しだけの非日常というべきだろうか。

「予想はしてたが……」

これなら退屈はしなそうだと、ルトは小さな笑みを浮かべる。

そして手始めと言わんばかりに、目についた出店にふらりと足を運んだ。

「店主。これは？」

「ああ。そりゃ付き合いのある職人見習いが作った指輪だ。造りがちと甘い部分もあるが、その分だけ安いぞ。気になってる女へのちょっとしたプレゼントにどうだい？」

「残念ながらそういう縁にゃトンと恵まれなくてな。相手ができたら買わしてもらうよ」

「そうかい。ならその時がきたら、あっちの通りの奥にあるラビルト細工店ってとこに来てくんな。それが俺の店だからよ」

「ちゃんとした店の店主だったのか。なんでわざわざ発明市に？」

「ちょっとした手助けさ。こういうやつは店には置けねぇが、それだと見習いもいろいろキツいからな。だからこういう機会にちょちょいと助けてやってんのさ。職人ってのは義理堅い奴が多いからな」

「成長を見越して恩を売るってことか。やり手だなアンタ」

「そりゃそうよ！　じゃねぇと店なんて出せねぇさ！　そんじゃ、また来てくれよなお客さん！」

「ああ」

初めは見習いの品を並べる小細工屋。

「店主――」

「ああ、それは――」

次は木彫りの模型を並べていた職人。

「店主――」

「お、お客さんお目が高い――」

その次は、アレコレは由緒ある品だと長々と語った胡散臭《うさんくさ》い行商人。

「店主――」

「それはリムル国――」

その次は、キャラバンに混ざってきたという流れの絵描き。

ふらふらと当てもなく発明市を見て回り、興味深い出店があればひょいと覗く。それを何度も繰り返し、ルトは発明市を満喫していた。

「という感じで、この柄は遠い西の国の伝統模様なんです」

「なるほど。興味深いな」

「――あれ？　もしかして、あの時のお客さん？」

「ん？」

ルトが見慣れぬ柄の織物を扱う出店を覗いていると、なんとなく聞き覚えのある声が耳に入ってきた。

声のした方に視線を向けると、そこにいたのは少しばかり見知った顔。

サンデリカに到着した日にルトがお忍びで入った海猫亭に勤める、一風変わった少年給仕であった。

「ああ、キミはあの店の。リックだっけか？」

「え、憶《おぼ》えててくれたんですか!?」

「そりゃな。あの夜は中々忘れられんよ」

「……なんというか、本当にご迷惑を」

面倒なトラブルがあったから憶えていたと語るルトに、リックは申し訳なさそうな表情で頭を下げた。

「終わったことだよ。それに元々気にしてない。つと、ちと待ってくれ。買い物だけ済ますから、少し話そう。良い物を見せてもらった。これをいただきたい」

「あ、はい毎度」

「ところで店主。質問なんだが、この種類の生地はまだまだあるのか？　今は手持ちがないんだが、できれば他の品も買いたくてな」

「ありがとうございます。発明市の間はこの場所でずっとやっていますし、本店の方でも扱っておりますので、いつでもお越しください」

「ああ。それは良かった」

そうして代金を払い生地を受け取り、ルトは出店を後にした。

「悪いな。待たせた」

「えっ、いえ！　というか、なんかすみません。お買い物の邪魔をして」

「気にするな。買い物っていっても基本は冷やかしだ」

「そうなんですか？　その割には、さっきのお店の布はたくさん買う気満々みたいですけど。そんなに良い品なんですか？」

「珍しいものではある。あそこは輸入品の織物を多く扱う店らしくてな。見習いの習作を売るついでに、最近入ってきた布も並べてたそうだ」

「へぇ。輸入品なら確かに中々手に入らないかもですね」

「だろ？」

購入した生地を片手で弄びながらルトが笑う。

その姿は宝物を発見した子供のようであり、それが少しばかりリックには意外に思えた。

今までのルトの印象では、あまり生地などに興味を示すとは思えなかったからだ。

「服とかお好きなんですか？」

「ん？　ああ、織物に拘りは特にないな。どっちかと言えば珍しい物好きだ。だからこうして発明市にいる」

「なるほど」

「そういうリックはどうなんだ？　ここにいるってことは何か用があるんだろ？　買い物か？」

「あ、いえ、その……実を言うと、俺もちょっと姉ちゃんと一緒に出店の方を」

「……ほう？」

若干恥ずかしそうにしながら語られた内容に、ルトは自然と声を漏らしていた。

出会いが出会いだったが故に、ルトは目の前の少年をよく憶えていた。

海猫亭で出されていた揚げ芋を生み出した人物であり、明らかに高等教育を受けているであろう聡明さを持った少年。それがリックだ。

将来の夢は発明家と語っていた少年は、どうやらこの発明市でその一歩を踏み出したらしい。

「どんな物を売っているんだ？」

「いや、そんな大した物ではないですよ？　一応は俺が考えた物ではありますけど、大発明って物ではないですし。ちょっと便利な小物ぐらいです」

「謙遜するな。その年齢で発明品が作れるだけで十分すげぇよ」

「あはは……。そう手放しで褒められると照れますね」

少しばかり気まずそうに頬《ほお》を掻く姿は、年相応の少年のもの。だからこそ余計に際立つのだ。リックという少年に宿る綺羅星《きらぼし》の如き知性が。

ルトはリックがどんな物を発明したのかは知らない。だがそれでも、これまでに交わした言葉、揚げ芋という実績、年齢に見合わぬ聡明さ、実際にアイデアを形にする行動力を考慮すれば、彼の発明品が相応の品である可能性は高い。

発明市が人材発掘の場というのはよく言ったもので、リックという少年は正しく市井《しせい》に埋もれていた原石なのだろう。

「よし決めた。店に案内してくれ。興味深い物があったら言い値で買おう」

「うぇっ!?　いやあの、そんな気を使ってもらわなくても大丈夫ですよ!?」

「そういうのじゃない。単純にリックの発明品に興味が湧いただけだ。――ああ、本当に興味が湧いたよ。キミがどんな物を作っているのかな」

ルトは密《ひそ》かに決意していた。目の前の少年を見極めなければと。

リックがただの原石であるのか、それともそれ以上のナニカなのか。彼がどんな存在なのか。放置してはならない劇薬の類いであるのかを、絶対に確かめてみせると決意していた。

それは個人的な興味ではない。このサンデリカに君臨するトップの一人として、フロイセル帝国にて大公位を戴《いただ》く貴族の一人としての考えである。

「ハハッ、そんな怖気《おじけ》づくな。発明市は元々が新技術、または才気溢れる発明家を見つけるために実施されていたんだ。今でこそ当初の趣旨からズレているそうだが、ここで最初の理念に則《のっと》ってみるのも一興ってもんだろう？」

「いやまあ、なんと言いますか、自分で作ったものをちょっとした顔見知りに見せるとなると、妙な気恥しさがですね……」

「何を言ってんだ阿呆《あほう》。変なところで尻込みするんじゃない。こういう時こそグイグイいくんだよ。じゃねえと出世できねぇぞ？　そもそも自分の発明品を恥ずかしがる発明家がどこにいるんだ。ほれさっさと案内するんだよ！」

「とわっ、は、はい！」

そうして少しばかり強引ではあったが、ルトはリックの出店を目指して移動を開始した。

⚜

「あそこです」

リックに案内される形で到着したのは、発明市の中でも端の方の奥まった場所であった。

出店にいるのはリックの姉であるナトラ。店番なのだろうが、あまり繁盛している様子もなく暇そうに座っているだけだ。

「なんというか、微妙な立地だな。繁盛してる様子もない」

「俺なんて人脈もない子供ですからね。良い場所の確保は難しいんです」

「ふむ。それもそうか」

発明市は出店すること自体は簡単な手続きで可能となるが、場所に関しては運営側の通達に従わなければならない。そして好立地を確保できるかは運、ではなくコネが重要となってくる。

そうした事情から、子供であるリックには微妙な場所が割り当てられることになったのだろう。

「姉ちゃん。戻ったよ」

「遅かったじゃないリック。アンタの店でしょ……って、まさかあの時の？」

「おや、憶えててくれたのか。確かナトラだっけ？　前に入店して以来だな」

「お久しぶりですお客様!!」

ルトを認識した途端、ナトラは暇そうな態度を即座に改め頭を下げる。

かしこまった態度。接客業に従事しているが故のもの、というわけではないだろう。それにしてはかしこまりすぎている。

ルトも一瞬だけ頭に疑問符を浮かべたが、すぐにその理由を察する。そういえば以前のトラブルの際に、自分の身分を軽く匂わせていたっけかと。

リックが気にした様子を見せていなかったので、ルトもすっかり忘れていたのだ。

「……なんで姉ちゃんはそんなにかしこまってんだ？」

「つ、この愚弟！　アンタ前のこと忘れたんじゃないでしょうね!?　そちらのお客様は……！」

「この街で一番偉い御方の関係者さ。ま、当事者でもなかったんだ。頭から抜け落ちてても仕方ないだろうよ」

「え……あっ!?　申し訳ございませんお客様!!」

ルトが軽く立場を明かすと、リックはすごい勢いで頭を下げた。やはりというべきか、気にしていなかったのではなく、気づいていなかったようだ。

「気にすんな。結構な立場であることは否定しないが、あの時も今日も非番みたいなもんだ。立場をひけらかすようなつもりはない。前のアレは例外だ」

「……ちなみに、あの酔っ払いたちはどうなったのか教えていただいても？」

「面倒だから下に丸投げしたからな……」

たしか罪人として鉱山で強制労働の刑となっていたはず。しかし、そこから先はルトも関知していない。というよりも、興味がない。

とりあえず曖昧な笑みを浮かべて誤魔化したあと、ルトは話題を変えるために出店の方に視線を向けた。

簡素な布の上に置かれたいくつかのアイテム。どんな用途に使うのか、パッと見では分からないものが多い。

だが全てに共通する特徴として、造りがかなりしっかりしている。アイデア云々《うんぬん》はともかく、品質に関しては子供の発明品というレベルを超えているように感じる。

「……やけに質の良い物が多いな。金属を使った物もあるじゃないか。何処かの工房にでも依頼したのか？」

「あ、いえ。その辺りは姉ちゃんが。実家が魔術工房を営んでいまして。それで姉ちゃんは、金属加工や鉱石の精製を魔術でできるんです。少量ですけど」

「……ほう。すごいじゃないか。あまり魔術に詳しくないからアレだが、それだけできるのなら何処の工房でも引く手数多《あまた》じゃないか？」

「……その、他所の工房では働きたくないんです。私は、弟の手伝いをできればそれで……」

「そうか」

あまり触れてほしくなさそうな顔で、ナトラが言葉を濁す。

この二人が何かわけありであるのはルトも察しているので、それ以上の追及はせずに発明品へと話を戻した。

「で、一体どんな物があるんだ？　リック、説明してくれ」

「あ、はい！　コレとかオススメです！　野営とかで重宝すると思うんですけど」

そう言ってリックが選んだのは、金属片と金属の棒が紐《ひも》で繋がったアイテムであった。

「何だこれ？」

「あー、それ。リックにお願いされて作った高性能火打ち石です。その棒を欠片《かけら》の方で擦《こす》ると、簡単に火花が出るんですよ」

「姉ちゃん!?　俺の説明とんないでよ！」

「うるさいわね愚弟。やけに面倒な作業を強要した挙句、ただの上等な火打ち石を作らされた私の身にもなりなさい。それ、値段付けたらいくらになると思ってるの。こんな無駄に高いの買うより、普通の火打ち石を買えば済むでしょ」

「濡《ぬ》れても使えるんだからすごい便利なんだぞ！」

「予備買って濡れないように保存しとけばいいでしょうが！」

なにやら横で姉弟喧嘩が勃発しているが、それは無視してルトは高性能火打ち石とやらを擦り合わせる。……とても大きな火花が出た。

「……コレはどうやって作ったんだ？」

「あ、すいません。製法についての質問はちょっと……」

「いや、こっちも質問の仕方が悪かった。コレは、この棒と欠片は、リックの発想を基に、ナトラの魔術によって生産されたってことでいいのか？」

「そうなりますね」

姉弟が揃《そろ》って頷《うなず》く。それを確認したことで、ルトの中でやるべきことは決まった。

二人に気づかれないように魔法を使う。そうして生み出したのは、大公の家紋が刻まれた氷のコイン。

「二人とも、悪いが今日は店仕舞《みせじま》いにしてくれ。以降は発明市に参加するのも控えてほしい」

「え、ちょっ、いきなり何ですかお客様？」

「代わりにこのコインを渡しておく。コレを持って二人で近日中にガスコイン公爵家を訪ねてくれ。

屋敷に通すように取り計らっておく」

「……え、あの」

「それ……えぇ!?」

ようやくルトの言葉の意味を理解できたのだろう。二人は面白いほどに動揺している。

「返事は?」

「は、はい!!」

「り、了解でございます!!」

「いいか? 近日中に必ず訪ねろ。もしそうしなかった場合、俺の権限でもって無理矢理にでも連行するぞ」

「ヒッ。そ、それは犯罪者としてでしょうか……?」

「まさか。ただ警備隊を使うことになるだろうから、少なくとも周囲には犯罪者と思われるだろうな」

「絶対に訪ねますので勘弁してください!!」

「逃げませんので本当にお願いします!!」

絡んできた酔っ払いを縛り上げ、公的に処分したという事実があるからだろう。二人は青い顔で揃って頭を下げる。

「ククッ。ともかくだ、絶対来いよ。それじゃあな」

そんな二人の姿に意地の悪い笑みを浮かべながら、ルトはその場を後にした。

リックたちの店から移動したルトは、とある人物を探していた。

「お、いたいた。探したぞ」

「あれ？　かっ……坊ちゃんじゃないですか。どうしたんすか？」

「他に呼び方はなかったんかこのド阿呆」

その人物、警備に回ってるという部下の一人を発見し、雑談するかのような気軽さで要件を伝える。

「……ま、いい。二つ伝えておくことがある。他にも回せ」

「それは了解ですけど、一つツッコミいいすか？　その布は一体何すか？　まさか買ったんです？」

「おう。輸入品だとよ。特徴的な柄だったから買ってみた」

「んなもんどうするんすか……。いや、坊ちゃんの金なんで別にいいんですけど。で、伝達事項ってのは？」

「一つ。海猫亭ってところで働く姉弟を屋敷に招いた。ないとは思うが、そいつらがバックレないように見張っておけ」

「……何したんですかソイツら」

「愉快な人材だったからな。ちょっと目を光らせておくんだよ。……で、大事なのは次だ」

「……」

そうしてルトは告げる。なんてことのないような気安さで、されど他に聞こえないよう小声で。

「――今見せた柄は憶えたな？　人員は任せる。発明市でこの布を売ってる奴を見張れ。関係者もだ。ただし気取られるなよ」

大公として命じたのである。

「……御意」

「報告することが二点ある」

恒例となったリーゼロッテとの月下の会談。だが今回の会談は、これまでのそれとは違った切り口から始まった。

「報告、ですか？　何か興味深いことでもございましたか？」

「残念なことに真面目な話だ。俺が大嫌いな政治に関わる類いのな」

「まあ！　旦那様からそんな話題を振られるなど思いもしませんでしたわ」

驚きによってリーゼロッテが目を見張る。表情を取り繕うことすら忘れているあたり、本当に驚いているのだろう。

「その手の話題を徹底的に避けてきた旦那様が、一体どういうお気持ちの変化ですか？　それとも旦那様が口を出さざるを得ないほどに重要なことですか？」

「タチの悪いことに後者だ。街で神兵を見かけた。流石に静観はできん」

「——詳しく伺いましょう」

神兵。その単語を耳にした途端、リーゼロッテの表情が一気に引き締まる。

婚約者を自室でもてなす淑女は消えた。今この場に座っているのは、ガスコイン領を治める領主にして公爵家当主であるリーゼロッテだ。

「まずは確認を。旦那様が仰《おっしゃ》っているのは、法国のあの『神兵』で相違ありませんか？」

「ああ。その神兵だ」

法国の魔神格、使徒スタークによって祝福された眷属《けんぞく》。戦術級術士に匹敵する戦闘力を獲得した強化兵たち。

「使徒スターク。改めて聞くとゾッとしませんわね」

リーゼロッテが小さくため息を吐《つ》く。それと同時に納得もした。敵対する魔神の影を見たのならば、ルトが動くのも当然だ。

領地に、帝国に仇《あだ》なす敵対者を排除することこそが、ルトに与えられた唯一の仕事なのだから。

「法国の神兵。端的に言ってしまえば、轟龍と呼ばれ諸外国で恐れられるクラウス殿下と同格の強者。それでいて法国においては容易く補充可能な末端兵」

「旦那様を前にして言うことではありませんが、本当に魔神格の魔法使いというのは非常識です……」

クラウスの凄《すさ》まじさはリーゼロッテもよく知っている。あくまで訓練ではあったが、たった一人で帝国の精鋭部隊を壊滅させたこともあるのだ。

それほどの豪傑が、法国では文字通り掃いて捨てるほどに存在している。いや正確に言えば、いくらでも生み出すことができるのだ。

ただ使徒が魔法を掛ければいいのだ。それだけで新兵だろうが幼児だろうが、誰もが一騎当千の戦闘力を獲得する。それでいて強化に人数制限もないのだから堪《たま》らない。

「俺も同感だよ。使徒スタークは毛色が違いすぎる。数々の逸話、アクシア殿の証言をもとに断言するが、『厄介』さでは使徒が飛び抜けている」

ルトやアクシアが『広域破壊』を得意としているのに対し、スタークは『広域制圧』を得意としているというべきか。

個々の質が極限にまで高められた数の暴力は、国家としての戦争でその真価を発揮する。

「戦場ではもちろん、裏工作においても神兵は厄介極まりない。諜報員《ちょうほういん》ですら戦術級術士に匹敵するんだからな。裏で下手に捕らえることも、処理することもできん」

「ちなみにお訊きしますが、どのような理由から神兵だと見破られたのですか？　神兵が活発に動いているのならば、早急に手を打たなければなりません」

「奴らがどこまで動いているかは不明だ。俺が見抜いたのだって偶然。リーゼロッテは魔神格が操る色、アクシア殿が『神威』と呼ぶものを知っているか？」

「話には聞いております。それが魔神格の力の源だとか」

「ああ。発明市を散策している時、それがそいつから見えたんだよ。だから活動内容までは分からん」

あくまで偶然。綿密な調査の末に断定したわけではなく、たまたまルトが神威を目にしたからにすぎない。

「……少し不穏でもありますね。そんなあからさまに神兵を配置しているというのは」

「どうだかな。神威は魔神格、ガスコイン領では俺にしか確認できないんだ。遭遇しなければバレないと考えていてもおかしくない。見せ札扱いでバレるのを前提に動いてる可能性もあるが……」

「詳細が不明である以上は断言はできませんか。ひとまず発覚前提の配置で進めましょう。警戒しておいて損はありません」

相手は魔神の祝福を受けた神兵。下手な油断は甚大な被害を招く。如何《いか》にルトという超戦力が控えていようと、気を抜いていい理由にはならない。

「ひとまず俺の部下たちで対象とその周辺を見張らせている。だがアイツらはあくまでただの兵士だ。専門じゃない以上は深入りはさせられない」

「承知しております。明日にでも軍の方に連絡を入れ、引き継ぎの者を用意させましょう」

「部下たちはそこで一旦お役御免か？」

「ええ。旦那様にはあまり馴染みがないとは思いますが、帝国においては貴族の抱える兵力と軍は明確に区別されておりますので」

「……あー、前にチラッとアズールから聞いたな。効率化のために、軍事力を帝国軍一本に絞り始めていると」

「はい。貴族を頂点とする兵力では、乱立する指揮系統によってどうしても混乱が起こりますから。その関係もありまして、一定以上の規模の事柄は帝国軍が担当することになっております」

帝国において、領主の私兵や警備隊の権限が及ぶのは領内までとされている。領内の治安維持は彼らの仕事ではあるが、領外にまで影響が出るような事柄の場合は帝国軍へと管轄が移るのだ。

他国による工作は帝国全体に関わる事柄なので、今回の場合はサンデリカに常駐する帝国軍が主として動くことになる。

「では俺がこれ以降の指揮を取ることはないか」

「そうなるかと。ただ旦那様が望むのならば、指揮に加わることも可能でございます。爵位持ちは対応した階級相当として扱われますので。旦那様の大公ともなれば、元帥相当としてもてなされますよ？」

「あくまで『相当』としてもてなされるだけだろうに。素人がでしゃばっても神輿《みこし》扱いが関の山だ。余計な手間を増やしてどうする」

「ふふ。旦那様ならそう仰ると信じておりました。それが正解でございます。この仕組みは今回のような事態の際に、領主が命令という形の要請を行うためのものですわ。軍閥貴族でもない限りは、実際に指揮に口を出すことはありません」

「だろうな」

これが他の国なら見栄《みえ》などで本当に口を出したりもするのだろうが、ここは優秀な人材が犇《ひし》めくフロイセル帝国。

その程度の合理的判断すらできない爵位持ちなど、滅多にいないはずだ。

「ただ今回の場合ですと、逆に旦那様の方に軍から協力の要請が来るかと。無論、拒否することも可能ですが……」

「安心しろ。拒否なんてしない。これは俺の管轄でもあるんだ。無駄飯食いでいるのは平時だけだ」

「頼もしいですわ。それでは軍にはそのようにも伝えておきます。場合によっては本件の指揮官とも打ち合わせをしていただくことになるかもですので、そのあたりもご了承ください」

「ああ」

素直にルトが頷く。この一件に関しては、ルトも精力的に動くつもりであった。

やるならば容赦なく徹底的に。面倒事などさっさと片付けるに限るのだから。

「神兵の件につきましては、この場で話せることはこれぐらいでしょうか？」

「だろうな。奴らの活動の詳細が分からない以上、何を語ったところで推論、妄想の域を出ない。続きは軍を交えてだろう」

「ではそのように。それで旦那様、報告することは二つと仰っておりましたが。残りの一つは何でございましょう？」

「あー、そっちは現状ではあまり重要ではない。先に言っておくと、先の件とは完全に別件だ」

そう言ってルトは一度大きく息を吐く。重要な話題から張り詰めていた身体を解《ほぐ》すように、ゆっくりと。

それに釣られてリーゼロッテも肩の力を抜いた。どうやら本当に緊急性の高い話ではないようだ。

「別件と申しますと、政治の絡む話でもないと？」

「それは微妙なところだな。実は発明市の散策中に、神兵とは別に興味深い人材を見つけてな。見極めるために近日中に屋敷に訪ねるよう命じたんだ」

「まあ！　旦那様がわざわざ呼び出すなんて、随分と優秀な者なのですね。どのような者なのですか？」

「幼い少年発明家と、それを手助けする魔術師の姉でな。この街の海猫亭という酒場で働いている」

「少年発明家に魔術師の姉。また変わった者たちですね」

それはリーゼロッテの素直な感想であった。

わざわざ発明家の前に少年と付けているのだから、本当にその人物は幼いのだろう。それでいてルトが気にかけたということは、かなりの人物であることは間違いない。

そして姉は姉で不思議なものだ。魔術師、それもルトが興味を持つほどの腕ならば引く手数多だろうに。わざわざ酒場で働く意味が分からない。

よくもまあそんな不思議な者たちを見つけてきたものだと、内心でリーゼロッテは苦笑していた。

「で、悪いんだが。リーゼロッテの方で、その二人のことを調べられないか？」

「恐らく可能かと。家を興す際に陛下から与えられた者たちの中には、その手の調査を得意とする者もおりますので」

「助かる。礼は相応のモノを考えておく」

「お礼など……と断るのも無粋ですわね。では楽しみにしておきますわ」

「ああ。そうしてくれ」

妙なところで律儀だなという感想を浮かべつつも、決してそれを表に出すことなく、リーゼロッテは優雅に微笑《ほほえ》みを浮かべ話を続けた。

「つまり旦那様は、その者たちを雇うつもりであると。身辺調査もその一環ということでよろしいですか？」

「それは見極めの結果次第だ。身辺調査は単純な興味の割合が大きい」

「あら、そうなのですか？　てっきりもう雇うつもりでいるのかと」

「少し気になることがあってな。問題があるかどうかを確かめたいんだよ」

「問題、ですか？」

「ああ。ただその詳細は、現状では悪いが秘密だ。あくまで私的なものだからな」

「そう言われると少しばかり気になってしまいますわね」

そう言いながら、リーゼロッテはチラリとルトを見る。……が、特に反応はなし。どうやら本気で話すつもりはないと判断し、即座に追及は諦めた。

「ではその問題とやらがなければ雇うと？」

「ああ。あの才は埋もれさせとくのには惜しい。リーゼロッテとしても、優秀な発明家は欲しいだろ？」

「ええ。もちろんでございます」

技術に貪欲なのがフロイセル帝国だ。皇女であったリーゼロッテも、その貪欲さを受け継いでいる。

「では問題があった場合は、どうするおつもりですか？　優秀な人材を放置というのは、あまり気が進まないのですが」

「その時はな。……少なくとも放置することはないさ」

リーゼロッテの問い。それに対してルトは一切の躊躇もなく断言した。

「――問題があったら始末する。帝国に仕える身としては惜しくはあるが、これは確定事項だ」

第2章 氷の魔神と禁忌の姉弟

「姉ちゃん！　明日どうなるんだろうね!?」

「リック！　騒いでないでさっさと寝なさい！　明日寝坊したらシャレになんないのよ!?」

興奮冷めやらぬ弟を無理矢理《むりやり》ベッドに叩《たた》き込《こ》みながら、私は大きなため息を吐《つ》いた。

思い返しても、今日はトンデモない一日だった。まさか私たちが、この地の領主である公爵様の御屋敷に招かれることになるとは。

「……すぅ……」

それもこれも、速攻で夢の世界に旅立った能天気なこの弟が原因だ。

数日前に海猫亭にやってきたお客様。領主様にお仕えする偉い立場の人を、弟が開いていた出店に引っ張ってきた。

そしたらだ。その人は何が気に入ったのか、弟と私を領主様の御屋敷に招きたいという。

悪いことではないと思いたい。むしろ多分、これは名誉なことだ。話の流れからして、弟の発明があの人に認められたのだろう。

「……」

弟、リック・アンブロスは不思議な子供だ。物心がついた頃から、何故《なぜ》だかいろいろなことを知っていた。その知識は大人顔負けで、口性《くちさが》のない者たちからは気味が悪いと煙たがられていた。

それでも弟は気にせず、やがてその知識を活用するようになった。生活を便利にしたい、欲を言えば大成したいと。発明家というのは、そうした欲求が行き着いた先なのだと思う。

そして幸いなことに、私たちの家業は弟の夢を叶《かな》えるのにはうってつけだった。

【アンブロス工房】。金属製品を主に扱う工房で、工房主である父は私たちの生まれ故郷では名の知れた職人だった。

周囲には父を筆頭にした経験豊富な職人たち。端材ではあったけれど、材料には困らない。発明家を目指す環境としては、間違いなく最適なものであった。

弟はそこでスクスクと育った。私は私で魔術の才能があったから、次期工房主として首都の魔術学院にも通わせてもらっていた。

今思えば、あの時が私たち一家の幸せの絶頂だった。あの騒がしくも平凡な日々は、黄金にも勝る輝かしいものだった。

「……お父さん、お母さん……」

――そんな幸せな日々は、唐突に崩れ去ったのだ。あの瞬間から、私たちは一気に苦しい立場に追いやられた。

その報《しら》せを受け取ったのは、もう間もなく学院を卒業するという時期だった。

両親の訃報。いわく、外出中に強盗に襲われたのだという。

膝から崩れ落ちそうになりながらも、私は懸命にその事実を受け止めた。

学費、家業の関係から魔術学院は中退。魔術学院卒という経歴は惜しかったが、それでも一刻も早く戻り、新たな長として工房の安定化を図らなければ。なにより一人残された家族、弟が心配だったから。

そうして私は故郷の街に帰った。そこで私は、私たち姉弟《きょうだい》はさらなる不幸に見舞われた。

『この工房は俺が引き継ぐ。死んじまった兄貴には悪いが、娘であるお前はまだまだ未熟だ。工房主なんてとてもじゃないが任せられない。……そもそも俺は最初から反対だったんだ。いくら兄貴の娘で魔術の才能があっても、女が工房主なんて世間が認めねぇ』

故郷で待っていたのは、そんなことをのたまい工房を乗っ取った叔父だった。

一目で私は理解した。両親が殺されたのは、叔父がそうなるよう手引きしたからだと。

表向きは表情を取り繕っていたが、あの屑《くず》の言動の端々から愉悦が滲《にじ》んでいたのだ。

元々叔父は、祖父が父を工房主として指名したことに不満を持っていたと聞く。それに加えて女の私が次期工房主として育てられていたことが、我慢ならなかったのだろう。

だから女の私を認めない職人たちと結託して、工房を乗っ取りにかかった。

両親を謀殺し、邪魔な私を街の有力者である好色爺《じじい》に妾《めかけ》として差し出そうとした。外聞を気にして弟には手を出そうとしなかったけど、時間が経《た》てばそれもどうなっていたかも分からない。

幸いなことに、父を慕っていた職人たちの協力のもと、私と弟はあの街を脱出することができた。彼らのツテを頼ってこの海猫亭、父と古馴染《ふるなじ》みであったおじさんたち夫婦のもとに転がり込むことができた。

「……本当に最悪だったな……」

それでも私は、たまにあの時のことを夢に見る。両親が死んだ絶望。不安で揺れる弟の瞳。あの屑のニヤついた口元。ふらりとやって来て、私のことを粘ついた視線で眺めていた好色爺。

あの時の苦しみは、今でも忘れることができない。

「……でも、これでようやく……」

だからこそ、今回の一件は希望だった。驚きはしたし、今でも信じられないけれど、それでもこの招待は望外の幸運だ。

弟の頑張りが認められたことが嬉《うれ》しい。弟の夢が叶いそうなことが嬉しい。今は亡き両親にも、このことをどうにか伝えたい。

それにこの招待が上手《うま》いこと運べば、弟の立場は安泰になるだろう。生活が楽になるだろうし、お世話になっているおじさんとおばさんにも、何かお返しができるかもしれない。

なにより重要なのは、領主様に仕えるあの人、いや運が良ければ領主様御本人と縁ができるかもということ。

立身出世は脇に置いておいても、いつまたあの屑の魔の手が忍び寄ってくるか分からない状況で、どうにかなるという保証が欲しいのだ。

「……頑張らなくちゃ」

別に実家の工房を叔父から取り返そうとは思わない。非常に悔しくはあるけれど、この際それは諦める。

私が、私たちが求めるのは一つだけ。心から安心できる暮らしだ。私は海猫亭の給仕として、弟は発明家としてこのサンデリカで暮らすことができれば、それでもう十分なのだ。

「……んぐ、姉ちゃ、ん……」

「はぁ……。世話が焼けるんだから……」

寝相で愉快な格好になっている弟を、ため息を吐きながらまっすぐとした姿勢に戻す。

一世一代の分岐点で、寝違えましたなんてなったら笑えないというのに……。

「……私も寝なきゃ」

本当に、明日は頑張らなければならない。なんとかして、最高の結果を掴《つか》まなければ。

死んでしまった両親が、天国で安心できるように。唯一の家族となってしまった弟が、幸せに暮らせるように。

姉である私がしっかりしなくちゃ。あの日、この胸に刻んだ『弟を守る』という決意は、今もなお有効なのだから。

「……ふむ」

リーゼロッテとの神兵に関する話し合いの翌日。

自室にてルトは、監視を命じた部下たちから上げられてきた報告書を眺めていた。

「……商会の所属は法国寄りの第三国か。厄介な」

まとめられた内容に、自然とため息が出る。

現状ではマトモな情報は皆無に近い。だが報告書に記された内容だけでも、解決までの道のりが長く険しいことが容易に想像できてしまった。

そうして顰《しか》めっ面《つら》で報告書を睨《にら》んでいると、コンコンと扉がノックされる。

「誰だ」

『――閣下。御時間をよろしいでしょうか？』

「アズールか。入っていいぞ」

「失礼いたします」

部屋を訪ねてきたのは、秘書として正式にルトの部下となったアズールである。

「……珍しいですね。閣下がこの時間に起きていて、さらには書類を確認しているなんて」

「開口一番でそれか。お前も随分と染まってきたな」

「お陰様で、と申しておきます」

呆《あき》れ混じりのルトに対して、アズールは悪びれることなく肩を竦《すく》めた。

そのやりとりは明確に以前のものと違っている。正式に上司と部下という関係になったことはもちろんだが、それ以上にアズールが他の部下たちに影響を受けたからだ。

実のところ、当初アズールはルトの秘書という立場に不満を抱いていた。

なにせ秘書として仕えることになったはずが、当のルトには仕事らしい仕事もないため、必然的にアズール自身の仕事もなかったのだ。

だからといって女として夜の相手をさせられる、なんてことももちろんなかった。

自身の有用性が全く発揮できない環境。これがアズールには不満だった。最終的にはルトがリーゼロッテの手伝いとして、アズールのこともぶん投げたためにその問題は解決したが。

その時に感じていたルトへのわずかな不満。それを知ってか知らずか、アズールの目の前で交わされるルトと部下たちによる主従らしからぬ会話。

さらに悪ノリでアズールにも自分たちと同じ態度を勧める駄目オヤジどもに、それを咎《とが》めることすらしない不良大公。

結果、アズールは染まった。今では他の部下たちと同様に、ルトに遠慮のない皮肉を飛ばす人間の一人となっている。

「本当に慇懃《いんぎん》無礼《ぶれい》そのものみたいになったなぁ」

「不快ですか？」

「生憎《あいにく》と他人の態度に文句を言えるほど、行儀の良い性格はしていない」

「ええ。存じておりますとも」

「さいで。んで、何の用だアズール」

苦笑とともにルトは報告書から一旦目を離し、要件を問う。

何度も言うがルトは基本的に仕事をしない暇人だ。秘書とは言えリーゼロッテの事実上の部下となっているアズールが、わざわざルトの部屋に訪ねてくる理由がない。

「閣下にお客様ですよ。例の姉弟とのことです」

だが内容を聞いて納得した。どうやらリックたちが尋ねてきたらしい。

「ああ。もう来たのか。念押ししたとはいえ早いな」

「平民が領主の屋敷に招かれたのです。後回しになどできるわけがありませんよ」

「それもそうか。……いや待て。何故アズールがそれを伝えに？　使用人はどうした？」

「使用人の怠慢というわけではありませんよ。たまには閣下の秘書らしいこともしておこうかと、私から申し出たのです。なにせ屋敷で過ごして初のことですので」

「暇人で悪かったな」

どうやらアズールは、今回の連絡をルトの秘書としての初仕事と考えたようだ。

わざわざ使用人と代わってまで伝えにくるのだから、随分と生真面目というか、いじらしいと喩《たと》えるべきか。

どちらにせよ罰が悪いと、少しばかりルトも天井を仰いだ。

「ま、了解した。すぐに向かおう。案内を頼む」

「そちらのお仕事の方はよろしいのですか？」

「ああ。重要案件ではあるが、内容自体は大したことないからな」

報告書に書かれてあるのは、件《くだん》の神兵の前日の動向と、神兵が表向き所属しているであろう商会についての情報のみ。

前者は特に動きらしい動きはなかったので特筆性はゼロ。後者は商会の客なら知っている程度の情報しか書かれていない。

なにせ担当したのが兵士でしかないルトの部下たちなのだ。専門の訓練を積んでない彼らでは、この手の調査は無理がある。

そもそもルトが部下たちを配置したのは、その日の内に何かしらの行動を起こされるのを防ぐためだ。はっきり言って調査の方はオマケである。

「内容も大体確認したし、この報告書は処分しておいてくれ。気になるなら見ても構わんぞ？」

「……よろしいので？」

「本当に大したことは書いてないからな。なにせコレを書いた本人たちが、そもそも何のために命令されたのかも知らん。どうしたって内容は薄くなる」

内容が内容だったために、ルトが神兵について報告したのはリーゼロッテのみ。

実のところ、部下たちはルトが指定した対象が何者なのか一切理解していなかったりする。何らかの不審人物ぐらいにしか考えていないだろう。

「それでもしっかりと命令は達成したのですか。やはりというか、あの方たちは優れた兵士なのですね。普段の態度はアレですが」

「そりゃ全員がオヤジだしな。経験は相応に積んでいるさ。普段の態度もオヤジだが」

あやふやな命令だろうが一切躊躇《ためら》わず、また手を抜くこともせずに遂行する。その姿勢は理想の兵士そのものだ。

貴族でもあり軍人でもあるアズールから見ても、ルトの部下たちは手放しで素晴らしいと太鼓判大変にアレであるが。

「ま、気になるのならリーゼロッテに直接訊《き》け。それで教えられたのなら、お前も本格的にこの件に関わることになるだろうよ」

「承知いたしました。ではそのように」

元皇女でもあるリーゼロッテに直接訊ねるなど畏れ多いと思わなくもないが、この一件はある種のチャンスなのだから。

ここであっさりと教えられたのなら、それはアズールがそれだけ信用されており、重宝されているということの証明。

氷神ルトの秘書でありながら、元皇女であり現公爵家当主であるリーゼロッテからも重宝されているとなれば、それはアズール個人だけでなく実家にとってもプラスとなる。

「最初はあまりの仕事のなさにどうしたものかと思いましたが、案外なんとかなるものですね」

「なんでそんなに働きたがるかねぇ……。俺には理解できんな」

「帝国に尽くし、己の有用性を証明することが貴族に生まれた者としての歓《よろこ》びですので。それによって御家の利益となるのなら尚更《なおさら》でございます」

「ああ、うん。まったく理解できんわ」

「それを抜きにしても、現状では余裕がある者が手伝った方が良いかと思いますので」

「それなら理解できるな」

実際、現状のガスコイン家には人的な余裕があまりない。人員不足というわけではないのだが、諸々《もろもろ》の引き継ぎやらで常に忙しいというのが現実だ。

なので本来の業務がゼロの自分が手伝った方が良いと、アズールが判断するのも分からなくもないのだ。

「ま、やりたいのなら好きにすれば良い。ともかく、今は目先の用を済ますとしよう」

「かしこまりました。それではご案内いたします」

⚜

「こちらでございます」

「ご苦労」

アズールによって案内されたのは、屋敷の中にいくつかある応接間の一つ。

「ご姉弟にはお茶を出しておりますが、閣下のご要望はございますか？」

「茶はいらん。それより人払いを頼む。余程の緊急でもない限り、こちらの話が済むまで誰も近づけるな」

「……構いませんが、何故そこまで？」

「極めて個人的な事情故に説明はしない」

「はあ……」

アズールが怪訝《けげん》そうな表情を浮かべるが、ルトは決してそれ以上は答えなかった。

しばらく無言の時が流れ、最終的に折れたのはアズールである。

「かしこまりました。ただこれは閣下の秘書として諫言《かんげん》させていただきますが、あまりこの手の密談はなさらないことです。魔神である閣下に逆らえる者などほぼいないとはいえ、言葉は悪いですが閣下は未《いま》だに新参の立場。秘密主義は余計な猜疑《さいぎ》を招きますよ」

「密談など貴族なら誰でもするだろう」

「相手が問題なのです。身分の確かな貴族、商会や地域の有力者なら大きな問題はありません。ですが今回のような平民となると……」

「妙な勘繰りをする輩《やから》が湧くか」

それはアズールにとっては当然の懸念であった。

ただでさえルトは帝国においては新参であり、それでいて強大な力を持った魔神格。そんな人物が身元が不確かな者と堂々と密会をすればどうなるか。

ルトは新参故に信用は乏しく、絶対強者故に一部の者たちから恐れられているという。

そして低い信用は猜疑を招き、恐怖は猜疑を加速させる。その果てに起こる事態をアズールは危惧しているのだ。

「俺がわざわざ動くことなど滅多《めった》にないし、問題ないとは思っていたが……。まあいいだろう。その忠告、胸に刻んでおく」

「聞き入れていただき感謝いたします。それでは私はこれで」

「ああ」

最後に頭を下げてアズールが去っていく。

それを見送った後、ルトは応接間の扉を開けた。

「待たせたな」

「はっ、いえ！　滅相もございません！」

「ぜ、全然待っておりません！」

ルトが入室すると同時に、室内でガチガチに固まっていたらしい姉弟がすごい勢いで立ち上がる。

その挙動だけで二人がどれだけ緊張しているのかが分かるというもの。

「そんな緊張するな。公の場ではないんだ。これまで通りで構わんよ」

「いや、あの、流石《さすが》に領主様の御屋敷でそれは難しいといいますか。特にお客様の御身分を予想するとですね……」

「あのー、お客さんに呼ばれたとこの屋敷の方に伝えたら、明らかに恭しい対応でここに通されたんですけど……。あの、お客さんってやっぱり相当偉い立場の方なのでは……？」

「……ああ。そういやちゃんと名乗ってなかったな」

姉弟から恐る恐る訊ねられたことで、ルトもようやく自分の失態に気づく。

お忍びから始まった関係であるが故に、この姉弟の前では名前どころか偽名の類いすら名乗っていなかったと。

『お客』という仮称がついていたがために、これまで呼び名で不自由してなかったことが仇《あだ》となった。

「俺は……」

そこでルトは一瞬だけ思案する。ただでさえ緊張している二人を相手に、本来の立場を明かして良いものかと。驚きとパニックで話し合いにならないのではないかと。

だが今回の目的を考えると、どちらにせよ身分は明かさねばならない。そう結論付けて正式な名乗りを行うことにした。

「——俺の名はルト。ルト・セイル・コイン。ガスコイン公爵の婚約者にして、この国の大公位を戴《いただ》く魔神格の魔法使いだ」

「……え？」

「…………へ？」

その名乗りを理解できなかったのか、姉弟は揃《そろ》って間の抜けた声を零《こぼ》す。その後には一瞬の静寂が訪れ——

「……っ、た、大変失礼いたしましたっ……!!」

——そして一気に爆発した。

「ほらっ、アンタも早く謝罪して跪《ひざまず》きなさい……!!」

「わっ、し、失礼いたしました大公様!!」

姉弟が慌てて謝罪の言葉を述べるとともに、床に移動して膝をつく。

頭を下げた姿勢で固まる姉弟。だがその表情が強《こわ》ばっていることは、目にしなくとも分かる。特にナトラなど、肌の色にまで変化が及んでいる。血の気が引いているのか、健康的に日に焼けていたはずの肌は蒼白《そうはく》だ。

まあ、当然の反応ではある。少々偉い立場だと思っていた相手が、皇帝に次ぐ立場の大貴族だったのだから。

今までの会話を振り返れば、生きた心地などしないだろう。

「こ、これまでの無礼な振る舞いの数々、何卒《なにとぞ》お許しいただきたく……！　もし罰するというのなら、全ての罪は私が背負います！　ここにいる弟と、私たち姉弟を雇ってくれた大恩ある海猫亭の夫妻を罰することだけは何卒……！」

「ね、姉ちゃん……」

あまりにも悲痛なナトラの叫び。その様子だけで、二人の中の貴族像というものがどういうものなのか、なんとなくだがルトは察した。

「……少しは落ち着け。昨日の、そしてそれ以前の件でどうこう言うつもりはないぞ。昨日も言っただろうに。身分を隠していた以上、余程の無礼を働かなければ不問とすると」

「いえ、ですが……」

「いいからさっさと座れ。この問答の方が時間の無駄だ」

「は、はい！　失礼いたしました……！」

ルトの呆れ混じりの言葉に、再びナトラが謝罪する。

その姿はあまりに必死だ。ただの驚愕《きょうがく》からくるものと片付けるには、少しばかり違和感を覚えるほどに。

「なんでそこまで恐れるかね？　貴族に何か嫌な思い出でもあるのか？」

「え、あ、その、貴族様にはそういうことはないのですが……。私自身の誓いとして、何があっても弟を守らなければならないのです」

「ほう？」

誓い。普通に暮らしていれば、中々使うことがない言葉である。

だがナトラの表情は真剣そのもの。偽りでも、冗談の類いでもない。『血の繫《つな》がった家族だから』と納得するにも、少しばかり弱い気がする。

まず間違いなく、この姉弟が抱えている事情に由来するもの。ありきたりな例を挙げるとすれば、お互いが唯一の肉親、なんてパターンだろうか。

だがまあ、ルトからすればどうでもいいことだ。この姉弟にどのようなバックボーンが存在しようが、これから話す本題とは大して関係ないのだから。

「ふむ。なら今からは返答には気をつけるんだな。礼儀作法についてはロうるさく言うつもりはない。非公式の場だ。タメ口だろうが見逃そう。——だが嘘《うそ》偽りは許さない。それは肝に銘じておけ」

「は、はい！」

「りょ、了解しました！」

姉弟が頷《うなず》く。それを確認してから、ルトは本題について話し始める。

「わざわざキミたちを屋敷に呼んだのは他でもない。昨日見せてもらった発明品についてだ」

「……何か問題がありましたか？」

「いや？　物に関しては見事なデキだったと断言しよう。従来の火打ち石に比べて扱いが極めて簡単。それでいてリックの説明によれば、濡《ぬ》れていても問題なく使えるんだろ？」

「そう、ですね」

「なら素晴らしいとしか言えない。従来のものより遥《はる》かに高性能な火打ち石。本当に素晴らしい」

「あ、ありがとうございます！　わざわざ作った甲斐《かい》があります！」

大公からのお褒めの言葉。それも絶賛と呼べるレベルの評価を受けたことで、リックの表情は喜色に染まる。隣に座るナトラも似たような表情を浮かべていた。

なにせ大公直々に評価されたとなれば、相応の名声も手に入る。上手くやれば、本当に発明家として食べていけるようになるかもしれないからだ。

「だが同時に気になっていることがある。それについて答えてほしい」

「はい！　何でしょうか!?」

このチャンスを逃してなるものか。そう内心で決意しながら、リックはルトの口が開くのを待った。

だからだろう。不備がないようにと全神経を集中していたために、リックはそれに気づくことができた。

――ほんのわずかに低くなった声音に。そして少しだけ鋭くなった眼差《まなざ》しに。

「なあリック。キミはなんでアレを発明しようと思ったんだ？　昨日の姉弟喧嘩《げんか》でナトラが言っていたが、何故わざわざ高性能な火打ち石なんか作ろうと考えた？」

「濡れても使えるような火打ち石があったら便利だなって思いました！」

「なるほど。だが昨日、ナトラがこうも言っていたな。予備を持っていれば十分だと。正論だ。普通の人間ならそう考える。少なくとも新しい火打ち石を発明しようなんて思わない」

無論、ルトとて発明家という人種がどういうものなのかは理解している。

ありえない、意味がないと常人が断じようとも、彼らはそれをものともせずに突き進む。それが成功する発明家というものだ。

だがそれにしても、リックのそれは少しばかりおかしいのだ。

「さらに気になる点もある。実際に形にしたナトラいわく、魔術を使ってなお随分と面倒な手順が必要だったそうじゃないか。お陰で売価が跳ね上がると愚痴っていたな」

「うぐっ、それは……」

「そこが根本的な疑問なんだよ。キミらの実家の工房で、そこで技術を学んだナトラが面倒と零す加工。ここまではまだ分かる。分からないのは技術があるはずの姉が、弟であるキミの指示に従って加工を行ったという点だ。技術は知識がなければ身につかないもののはずなのに、何故ナトラはそれを知らないいんだ？」

「っ……!!」

二人の家業を、そして関係性を知らなければ、まだ発想と製造の役割分担ということで納得もできただろう。

だが、ナトラは金属加工を生業《なりわい》としてきた家に生まれ、その技術を叩き込まれた魔術士だ。そしてリックの姉なのだ。

技術を扱うというのなら、それに見合うだけの知識を備えているもの。弟であり、魔術士ではないリックよりも、知識の面で勝っていなければおかしいのである。

「俺にはこう思えるんだよ、リック。キミの発明、いや発想には何か見本があるんじゃないかって。ゼロから発明したのではなく、その加工を行うことで高性能な火打ち石ができるという確信があったのではないかって」

「っ……」

リックは答えない。何も答えず、ただルトの視線から逃げるように目を伏せる。

「ちょっと待ってください!!」

代わりに割って入ってきたのは、リックが質問されていたが故に沈黙を保っていたナトラであった。

「大公様！　その言い方だと、リックが誰かの発明を真似《まね》したみたいじゃないですか!?」

「ナトラ。俺はリックに話しかけている」

「一緒に作った私が断言します！　リックは盗作なんてしていません！　あの火打ち石は正真正銘リックの発明です!!」

「ナトラ。弟を想《おも》う気持ちは素直に素晴らしい。キミの誓いとやらに懸ける情熱も、また素晴らしいものだと思う。――だが俺はこう言ったはずだ。黙って引っ込んでいろと」

「っ……!?」

その迫力に気圧《けお》され、思わずナトラが息を呑《の》む。

それも当然だ。その碧の瞳に睨まれて、気圧されぬ只人など存在しないのだから。

「……え、あ……」

「っ、ひ……」

――いつの間にか、ルトの姿が変化していた。髪は淡く輝く青に。瞳は宝石のような碧《あお》に。そして誰もが膝をつくような、圧倒的な覇気を纏《まと》っていた。

「先に勘違いを解いておくが、俺はリックが盗作したかどうかなどを論点としていない。そこに関しては極めてどうでもいいと思っている」

「え……」

「常識的に考えろ。わざわざ大公である俺が、平民の発明品の盗作問題に首を突っ込むとでも？そういうのはそこらの役人の仕事だ」

ルトは大公である。帝国貴族の最高位である。そんな立場の人間が、高々が個人の、それも火打ち石などという雑貨に関する問題を重要視するわけがないのだ。

もちろん例外もある。リックが盗用したアイデアが、帝国の重要機密に関わるものであれば動く理由にはなるだろう。だがその場合も軍に一声掛けて終わりだ。

どちらにせよ、盗作云々《うんぬん》を問題にするというのなら、わざわざ該当人物を屋敷に招くようなことはしない。

ルトの思惑は別にある。

「反応も見れたし、この際ぶっちゃけるがな。今までの追及はちょっとしたカマかけだ」

「……カ、カマかけ、ですか？」

「ああ。リックが単純な天才発明家かどうかを確かめるためのな。そして確認は取れた」

もしリックがただの天才、姉の金属加工の知識を凌駕《りょうが》する知識と発想の持ち主ならば、先ほどまでのルトの追及にもっと反応があったはずだ。

だがリックのそれは違った。反論らしい反論もせず、段々と弱々しくなっていく声音。余計なボロを出さないようにと閉じられる口。わずかな後ろめたさが滲む表情。

「リック。あの反応でキミがただの天才発明家ではないということが分かった。キミの発明、いや発想には裏がある」

「っ……！」

「その上で俺はキミに訊ねよう。なんでキミはアレを作ることができた？」

「そ、それは……」

やはりリックは答えない。決定的な言葉を、ルトが断じた裏というものを口にしない。

その様子にルトは残念そうにため息を吐く。

「……てっきり俺は、キミが俺と同じ物を見たことがあると思っていたんだが……」

「え……？」

「だから見本を知っているのかと訊いただろう？　俺も以前に似たような代物を目にしたことがある。キミも俺と同じで、あの謎の多い人物に師事したのかとばかり」

「……え、あ！　そういうことだったんですね!?　人探しですか！　なんだ、すごい疑われてるのかと思ってビックリしました」

そう言って、リックはホッと胸を撫《な》で下ろす仕草をする。

それがやけに似合っていたからか、ルトもついつい苦笑してしまった。

「いやはや。それはスマンな。師のこととなるとつい熱くなってしまうんだ。いろいろと世話になった方だから、今も必死で探しているんだよ。師はただでさえ名前も語らず、黒衣で顔をずっと隠していたからな。唐突にいなくなられて本当に困っているんだよ……」

「……あ、あー。確かにあの人はそうですね。俺もあの人については何も知らないので、残念ながらお力にはなれません」

「……と言うと、リックもやはりか？」

「……その、はい。端的に言って怪しい人物だったので、できる限り秘密にはしてたんですけど」

あははと、リックは困ったように頬《ほお》を掻《か》く。真横で初耳だと言いたげに自分を凝視している姉がいるからだろう。

「と言うことは、リックは俺と同門ということになるのか」

「いやー、どうなんでしょう？　博識な方でしたし、俺が教わった内容が大公様のそれと同じとは限らないので」

「そうか。ちなみに即興で予防線を張ったところ悪いが、今の話は全部嘘な」

「……え？」

「嘘だって言ったんだよ馬鹿野郎。焦ってたからって後先考えずに飛びつくんじゃねぇ。迂闊《うかつ》がすぎるぞ」

そう吐き捨てながらルトは頬杖をつき、呆然《ぼうぜん》とするリックを睨み付ける。

「リック。俺は最初に警告したぞ。嘘偽りは許さないと。そうでありながら、なんであんな分かり易い嘘に飛びついた？ 自分が単純な天才発明家じゃないとバレた途端、なんでそんな都合の良い人物を求めた？ そんなにお前は、あの高性能火打ち石——メタルマッチ、またはファイアスターターと呼ばれるアレを、自力で発明したと断定されるのが嫌だったのか？」

「っ!? な、なんでその名前を大公様が……!?」

「それはこっちのセリフだ。テメェは何者で、一体何が目的であんな物を作りやがった。答えろクソガキ……!!」

多少口調が荒いだけの貴族。そんなイメージを破り捨てるかのように、ルトは激情とともに吼《ほ》えたのだ。

「一見すればただの火打ち石の上位互換。だがお前の発明品が、現代の技術では決して作ることができないものであることを俺は知っている」

——世界が軋《きし》む。

「アレを形にするために、一体どれだけの知識が必要なのかを俺は知っている」

——只人では知覚できない、青の神威が世界に溢《あふ》れる。

「それぞれの時代を生きた天才たち。彼らの数多《あまた》の叡智《えいち》が積み重なって確立した学問と、それによって成立する高度な技術の産物」

——一切の加減なく、魔神がその覇気を解放する。

「その知識は本来あってはならないものだ。ましてや実際に形にし、不用意に広めようとするなど言語道断。——もう一度宣言する。偽りは許さない。その上でこの愚行を説明しろ。俺を納得させてみせろ。さもなくばお前を、お前ら姉弟をこの場で殺す」

確かな殺意と揺るがぬ意思。吐き出されるは絶対零度の言霊。

それがタチの悪い冗談でないことは一目瞭然だった。

勘違いとして処理するには、向けられる殺気があまりに苛烈すぎる。現実逃避すら許されない、紛《まご》うことなき魔神の害意。

「……な、なんで、ですか……？」

そんな絶対強者の宣告に、何故と声を上げた者がいた。

弁解を求められているリック——ではない。抗議の声を上げたのは、やはりナトラであった。

彼女にとって、弟であるリックは必ず守らなければならない家族。今は亡き両親に誓ったのだ。

自らの命よりも、リックの身の安全を優先すると。

だからこそナトラは動いた、言葉は震え、顔色は蒼白。今にも気絶しそうな弱々しい姿でありながら、彼女はその胸にリックを抱き寄せ、怯《おび》えながらもルトを睨んだ。

「……わ、私たちが、リックが、何をしたって言うんですか……!!」

「ね、姉ちゃん……」

弟を守るため。最愛にして唯一の家族を守るために、か弱い少女が恐怖を押し退け立ち向かう。

「この子は何も悪いことなんてしていないです！　ただ自分の夢のために、必死で頑張っただけです！　ただ道具を発明しただけです！　それの何がいけないんですか!?」

生物としての生存本能も。身分という社会の壁も。全てを無視してナトラが叫ぶ。理不尽だと主張してみせる。

その反抗は決して無謀とは言わない。大切なモノのために命を懸けることを、尊き『勇気』と人は呼ぶ。

ナトラの覚悟は見事と言わざるを得ない。ルトとてその気丈な姿を前にすれば、感嘆の言葉とともにその気高さを讃《たた》えただろう。

「黙れ。お前らの感情も、そこのクソガキの夢も関係ねぇ。御託を並べてないでさっさと答えろ」

――だがそれも平時の話。帝国に仕える新たな魔神格として、大公としてこの場に君臨しているルトは、ただただ冷徹にナトラの叫びを叩き潰した。

どんなに気高い姿を見せようとも。たとえ内心ではナトラの覚悟を認めていても。それとこれとは別なのだ。ルトが言葉を撤回することはないのだ。

何故ならリックの愚行は、その程度では決して庇《かば》うことなどできないのだから。

「クソガキが何をしただと？　とんでもねぇことをしたんだよ。そしてお前はその片棒を担いだんだ。だからこそのこの状況だ。理不尽でもなんでもねぇ。ただの自業自得だ」

「私たちは何もしてません！　あの火打ち石擬《もど》きがなんだっていうんですか!?」

「アレを作るだけの知識があれば、やがては帝国並の大国が誕生するとしてもか？」

「……え？」

「呆《ほう》けるな。コレは事実だ。そこのクソガキが持っているであろう知識があれば、この大陸に第三の超大国が出来上がるんだよ」

呆気《あっけ》に取られるナトラに対し、ルトは淡々とリックの危険性を説明していく。

「そいつの頭のお味噌《みそ》にどんな知識が詰まってるかまでは知らん。だがさっきまでのカマかけである程度の推測はできた。そいつの頭の中には、現代から二、三百年は先の文明の知識が詰まっている」

「っ……！」

「ナトラ。知らなかったとは言わせないぞ。テメェの言うところの火打ち石擬き、メタルマッチを実際に製作したのなら分かるはずだ。魔術を活用してなお、面倒と言いたくなるような作業の数々。それを指示したというクソガキの異常性を」

「それは……」

「知識のタネを全て説明されたのか、それとも指示だけ聞いて詳細は知らないのか、そこはこの際どうでもいい。禁忌の知識の一端に触れた時点で、テメェもまた同罪だ」

詳細を知っていたのならば問答無用。知らなくとも不穏分子として抹殺対象。未来の知識というものはそれだけ危険なものなのだ。

「そいつの頭のお味噌の中身が他国に漏れれば、その国のあらゆる技術が恐ろしい速度で発展していくことだろう。生産性が向上すれば人口が増える。医療が発展すれば寿命が延びる。工業が発展すれば国力が増す。兵器が発展すれば軍事力が高まる」

それらがすぐに実現することはないだろう。全てが同時に進むこともないだろう。だが未来の知識があるということは、いつか第三の超大国に至る可能性が存在することに他ならない。

「そんなのもしもの話じゃないですか！」

「もしもの時点で看過できるか。そりゃ実現する可能性は低いだろうよ。帝国も法国も、他の近隣諸国だって急速に発展していく一国を見逃すはずがない。数多の国が暗躍し、何処《どこ》かの国が戦争を吹っ掛ける」

そして戦勝国が知識を、または敗戦国そのものを呑み込むだろう。そして新たに戦争を仕掛ける国が現れ、それを繰り返す。

その果てにあるのは大戦だ。数百年先の知識というものは、多くの国が戦争に踏み切るに値する理由となるのだから。

「知識ってのはな、歴史に名を残すような天才が何度も頭を捻《ひね》り、その上で奇跡みたいな閃《ひらめ》きがなきゃ発展しねぇんだよ。それを実際の技術に落とし込み、実用的な発明としての形に整えるには、さらに多くの試行錯誤が必要なんだ。新技術と閃きの関係性。それは工房育ちのお前らが一番理解しているはずだ」

「それは……」

知識を修める者ならば、誰もがそれを理解している。現代の学問では常識とされているようなことすら、過去では非常識や妄言扱い、それどころか発想すらしていなかったという事柄とて多いのだから。

確かな土台を持った者が『閃く』ことで、知識というものは発展の兆しを見せる。そこから試行錯誤を繰り返すことで、ようやく知識は次の段階へと進むのだ。

「そこのクソガキの頭の中にあるのはな、そんな天才たちが苦労と努力の末に書き記した文明についての解答用紙。それを解説と応用付きでまとめた正真正銘の『賢者の書』だ。存在するだけで世界を狂わす劇薬だ」

御伽噺《おとぎばなし》に出てくるような、知りたいことが何でも記してある魔法の本。そうでありながら現実に存在し、数多の人々の欲望を刺激する呪いの書。

直接的な危険度は低いだろう。この世界にはもっと恐ろしい超戦力が存在するのだから。

だが『危険性』という面では決して劣ることはない。なにせ知識は伝播《でんぱ》する。只人では決して扱えぬ魔神格の力とは異なり、文字と言葉でもって誰もが扱えるようになるのだから。

そこからもたらされる発展は、数多の戦乱を呼ぶだろう。生み出された発明品の数々は、人々を豊かにすると同時に、それ以上の命を奪うことだろう。

膨大な血を流させるその叡智は、魔神格の魔法使いにすら比肩し得る。

正真正銘、世界を蝕《むしば》み壊す劇薬。

「もしそこのクソガキが、常軌を逸した天才だったのならば、全てが自前の知識と発想であったのなら俺も見逃した。人類の歴史を少数の天才が加速させる。そうした事例もなくはない。それもまた世の習いというやつだろうってな」

だが目の前のリックは違う。一から閃きと試行錯誤を積み重ねたのではない。時の流れとともに編纂《へんさん》された、何処かの世界の賢者の書を盗み見たのだ。

「世の中ってのは非情だ。一から自分で考えた、革新的で誰にも迷惑掛けない発想、発明。それでも進みすぎた知識ってのは、異端として狩られることもあるんだからな」

それが人類の業。危険性などお構いなしに、理解できないものを排除しようと動くのだ。

「ではお前らは？　自分で考えたでもない、時代を先取りした叡智。それを不用意にばら撒《ま》こうとし、大戦争の引き金を引きかけたお前らは？」

真に危険で、理解してはいけないものが世に出ようとしていたならば。

「弟は、自分たちは何も悪くないだと？　寝惚《ねぼ》けたことを抜かしてんじゃねぇぞ。テメェらは大陸全土を地獄に変えようとした大罪人だ」

「……ま、待ってください!!　確かにリックは不思議な知識を持っています！　でもそれは生まれつきのものなんです！　それでも駄目なんですか!?　生まれ持った知識を活用するのは罪なんですか……!?」

始末されても文句は言えない。そんなルトの結論に対し、ナトラはそれでもと声を上げる。

生まれつきの特異体質。それは仕方のないことであり、個性ではないのかと。個性を活《い》かすことも許されないのかと、ナトラは震える声で問う。

「それに弟の知識を見抜いたということは、大公様だって弟と同じなんじゃないんですか!? あの火打ち石擬きがどういう代物なのか分かるってことは、そういうことなんですよね!! それでも弟は許されないんですか!?」

「——同類なのは認めよう。で、だからどうした?」

「……え?」

だが返ってきたのは、とてもあっさりとした言葉。それとこれとは話は別だと、それで済まされてしまった。

あまりのことに姉弟は絶句する。自分たちの命懸けの反論すら、興味ないとでも言いたげなその態度に。

「そ、そんなの理不尽でしょう!? 自分のことを棚上げして恥ずかしくないんですか!?」

「論点をすり替えるな」

だが氷の魔神は揺るがない。なんとか死を避けようと足掻《あが》く姉弟を前にしても、その舌鋒《ぜっぽう》は鈍らない。

「確かに俺もそこのクソガキと同じだよ。物心ついた時から、俺の頭の中には一人の男の人生が詰まっていた」

その光景は極めて不思議なものであったと、ルトは語った。

現実世界では見たことも聞いたこともない道具、知識、技術、思想。その全てがルトの頭の中にあった。

幼子の妄想と片付けるには、あまりにも緻密にして壮大な世界観。

それが文字通りの意味での別世界の光景であることは、ルトは比較的早い段階で理解した。

「頭の中に消えない本がある感覚だ。その世界では平凡とされる、つまらない男の伝記。ただそれでも読み物として、教本として考えれば十分な代物ではあったからな。暇な時は頭の中でそれを何度も捲《めく》ったさ」

雑学を漁《あさ》ることを趣味とする、日夜労働に追われる男の視点で描かれる物語。

所々で情報の歯抜けはあったものの、一人の人生が映像付きで記されたそれは、退屈しのぎにはうってつけだったのだ。

聡明《そうめい》だった幼いルトは、何度も男の物語《じんせい》を頭の中で読み込んだ。本物の伝記を読むかのように、気になるところはページを遡って熟読し、興味のない部分はパラパラと読み飛ばし。嚙《か》み砕《くだ》いて、吸収して。

いつしかルトの性格は完成していた。その世界特有の知識や思想、男を通して触れることとなった膨大な数の人間性によって、今のルトは形成された。

俗に言うところの生まれ変わり、というには少しばかり毛色が異なる不思議現象。前世と呼ぶにはあまりにも無機質な魂の不具合。記憶という名のデータ移行の失敗例。

これこそがルトの抱えていた二つの秘密の片割れ。魔神格としての力と同等の、世界を壊しかねない劇薬。

「だから俺も、別世界の知識については責めてるつもりはない。ついでに言うなら、生まれ持った武器を活用するなとも言っていない」

「だったら弟の何が問題なんですか……!!」

「お前らの選択がクソみたいな悪手だからだよ。自業自得でこうなっていると言っただろうが」

違うのだ。別世界の知識の有無など大した問題ではない。ただこの姉弟の場合、知識の行使の仕方があまりにも杜撰《ずさん》すぎるのだ。

「たとえば海猫亭の揚げ芋。俺の知識とクソガキの知識が同じ世界のものと仮定して話すが、アレも別世界の知識が基になっている。リック、間違ってないな?」

「……え、ええ。その通りです。でも、たかが料理のはずです。それすら許されないのですか……?」

矛先を向けられたリックが、震える声で言葉を返す。

ほんの些細《ささい》な料理にすら目くじらを立てるのか。それほどまでに別世界の知識を排除しようというのかと、怯えが言葉に宿っていた。

「まさか。アレは素晴らしいものだと思っているぞ。そして今でもその評価は変わっていない」

「……え?」

だが返ってきたのは、とても意外な言葉であった。怒りを露《あらわ》にすることなく、むしろ満足そうな表情をルトは浮かべていたのだ。

この流れで絶賛されるとは思っていなかったために、姉弟はポカンと間抜けな表情を浮かべる。

「たかが料理。その通りだ。よほど画期的な調理法でもない限り、料理が世界に与える負の影響などほとんどない。美食も産業には変わりないが、直接的に流れる血など微々たるものだろうよ」

だからこそルトは賞賛する。発生しても精々が民間の火種にしかならず、それでいながら新たな産業に繋がる別世界の美食を。

「たとえば雑貨。あっちの世界ではメタルマッチと似たような雑貨がたくさんあった。簡単に製作できて非常に便利な道具。メタルマッチの代わりにそれらを作っていれば、俺もこんな憎まれ役をしようなどとは思わなかったさ」

「同じような物なんでしょう!?」

「簡単に製作できるって言っただろうが。現代文明ではまず製造できない代物を同列に語るんじゃねぇ」

技術よりもアイデアの比重が大きい道具ならば、またはほんの少しだけ先の技術で作られた代物ならば、それが別世界の知識由来の道具であってもここまで過敏に反応することはなかった。

この世界の文明レベルに沿った発明品を生み出していたら、精々が監視程度に留《とど》めていた。

「たとえば売り込み方。お前らが露店販売をしなければ、帝国の然《しか》るべき部署、この場合は技術省の門を叩いていたのならば、動くことなく静観していた。国民が自国の発展のために仕えるのを、貴族である俺が邪魔する道理はないからな」

「っ、正式に仕えなくてもこの国を発展させることはできます!」

「責任の所在の問題だ。お前が正式に宮仕えとなっていれば、そこで開発された技術の権利は国のものだ。その技術でどんな騒動が起きようが、それは国、ひいては為政者たちの責任。俺もお前らの上司に文句を言えど、お前ら自身を始末しようなどと考えはしない」

国家の庇護《ひご》の下で開発された技術ならば、その権利と責任を負うのも当然ながら国家だ。

その恩恵を受ける代わりに維持と発展、機密保持に注力しなければならない。

それはもはや開発者の手から離れた事柄だ。開発者自身がその技術を悪用した、または開発した技術に致命的な欠陥があったなどの場合は別だが、それ以外で発生したトラブルに関してはその者に責任はない。少なくともルトはそう考える。

「だがお前らが個人、または民間で活動していた場合は別なんだよ。その責任はお前ら自身が取らなければならないんだ。他国が絡んでくるであろう騒動の責任をだ。お前ら姉弟の首にそれだけの価値があるとでも?」

もし別世界の知識が発端となった騒動が起こった場合、為政者たちからすれば寝耳に水もいいところだろう。

国家の管理から外れた場所で、国家が動かなければならない事態が発生したのだから。

それを為政者たちはこう呼んでいる。『利敵行為』や『外患誘致』と。

「お前らの選択はどうしようもない悪手ばっかだ。俺が把握している限り、揚げ芋しかマトモな選択をしてねぇぞ。生まれ持った武器を活用するなとは言わねぇが、活用するなら上手くやれ。あらゆることを考えろ。でなければ使うな馬鹿どもが」

「うぐっ……」

「他にもいろいろとツッコみたい箇所はある。だがこれ以上はキリがねぇ。だから俺は、お前らを二つの点から否定する」

そうしてルトは告げていく。この姉弟が犯した過ちの中でも、決して許してはならない二つの大罪を。

「一つ。別世界の知識を不用意にばら撒こうとしたこと。それは本来、国が管理するべきものだ。活用しようとするならば、お前たちは自らを即座に帝国に捧《ささ》げなければならなかった」

もしリックの知識が他国に流れてしまえば、マシなパターンでも泥沼の大戦争の末に、第三の超大国の誕生。

最悪の場合は法国にその知識が流れ、国力が完全に帝国を凌駕してしまうだろう。

だからルトは許さない。この国の為政者として、そして一人の国民としてリックたちを許さない。

「二つ。お前たちがどうしようもなく愚かであるということ。夢を見て行動することが許されるのは、立場も力も持たない人間だけだ。または立場も力も放棄した人間だけだ。――力を行使したお前たちは違う。お前たちは、夢ではなく現実を見なければならなかった。それを理解していなかった」

知識に対する自覚が足りない。結果に対する想像力が足りない。行動に対する慎重さが足りない。思慮、覚悟、責任。何もかもが足りていない。

ただ漫然と夢を唱えて、寝惚け眼《まなこ》でふらふら歩く。それは何も持たない者だからこそ許される特権だ。

力という名の松明《たいまつ》を手にした人間は、炎を掲げて真《ま》っ直《す》ぐ歩かなくてはならない。松明をぶら下げ、ふらふら歩き回る者は罪人だ。周囲を火の海に変える最悪の放火魔の類いだ。

「この二点をもって、俺はお前たちを始末するべき危険分子と判断する。お前たちの、そこのクソガキの知識は魅力的だ。だがそれ以上に愚かだ。何をしでかすか分からない。たとえ国家の管理下に置かれようが、それでもなお信用することができない」

世の中には、力を持つべきではない者がいる。荒くれ者が銃を持ってはならないように。犯罪者が魔術の才を持ってはならないように。

力を持っていては都合が悪い人間というものは確かに存在している。

それに対し、行政側が取るべきアクションは主に二つ。力を奪い無力化するか、持つべきでない者を『持つべき者』に更生させるかだ。

ルトは前者を選んだ。この姉弟を更生させることは難しいと判断し、知識の無力化、すなわち殺害を選んだ。

「――さあ、否《いな》と言うのなら弁明してみせろ。『私たちを殺す必要はありません』と、その足りない脳みそを使って俺を納得させてみせろ」

「「…………」」

嫌な沈黙が流れる。返答は高確率で死に繋がるという事実が、リックの口を重くしていた。

ルトは言った。生かすべき人材であると、信用に足る人材であると言葉でもって証明しろと。つまりは生死を懸けた売り込み。地獄のようなプレゼンテーション。

そんなことが実際に可能なのか？　すでにルトからの評価は地に落ちている。それどころかマイナスにまで突入しているだろう。

この状況から挽回《ばんかい》することなどほぼ不可能。それは愚物と断じられたリックでも理解できる。そして愚かと言われた自分では――打開することもまた不可能。

しかし、沈黙こそが確実な死。それだけは避けねばならない。その上で、自分にできる最善の結果を摑み取らねばならない。

――意を決してリックは口を開く。すでに覚悟は、そしてやるべきことは決まっていた。

「……申し訳ございません。大公様の叱責は全て正論。おれ、いや私の浅はかな考えによって、多大なご迷惑を掛けたことを深くお詫《わ》び申し上げます」

「謝罪をしろとは言っていない。弁明をしろと言っている」

にべもない。取り付く島もないとはまさにこのこと。だがコレで良い。見せるべきは誠意なのだから。

「……弁明はありません」

「――何だと?」

「弁明のしようがありません。私が全て間違っていたのですから」

そう言ってリックは深々と頭を下げる。それも椅子から降り、床に膝をついての謝罪。

いわゆる土下座。自分と同様に別世界の知識があるというルトならば、この最上位の謝罪も通じるだろうと踏んでの判断。

「リック!?」

真横ではナトラが悲鳴を上げているが、それも当然だ。

弁明をしないということは、自ら死を受け入れたということに他ならないのだから。

「……それは潔く首を差し出すという意味で構わないか？」

「はい。ただその上でお願いがございます！　私の愚行は私の命で贖《あがな》います！　ですのでどうか、姉の命だけはお助けください！」

「リック⁉　アンタ何を……⁉」

「姉は私の頼みを聞いただけです！　別世界の知識もほとんど知りません！　知っている加工知識もあのメタルマッチに関するものぐらいです！　それもしっかり理解しているわけでもない！　知識を広めることもまず無理です！　だからどうか！　どうか姉の命だけは助けてください‼」

頭を割るかのように、いや割るつもりで何度も頭を下げる。

自分の脳みそでは、どうやってもルトを納得させることなどできやしない。ならば生き延びることはもう諦めた。

その上で、最愛の姉の命だけはなんとしてでも救ってみせる。この身を犠牲にしてでも、自らの愚行に巻き込んでしまった唯一の家族だけは救ってみせる。

ナトラの殺害は不要であると論理的に説明し、その上で誠意と覚悟を示す。

これがリックが選んだ選択。自らができる最善策。

「お願いします！　お願いします！」

何度も頭を下げた。何度も。何度も。頭を床に打ち付け、出血すら厭《いと》わずにひたすらに頭を下げ続ける。

――ふと、冷やりとした気配が背筋に走った。

「……言いたいことはそれだけか？」

「っ……!!」

それと同時に告げられた、どうしようもない終わりの宣告。今の気配はコレなのかと、リックの思考が絶望に染まる。

必死の懇願すら届いていない。地位も力もなき者の謝罪には、罪を減らすだけの価値などない。

その声音が、その視線が、その態度が、全てが語っていた。リックの足掻きなど無駄でしかないと。

「ないというのならば話は終わりだ」

「っ、お待ちください!!」

「終わりと言った」

絶望が広がる。すでにこの場の流れは決まってしまった。リックが弁明を放棄した時点で、全ての判断材料は揃ってしまったのだ。

だからこそ――

『――旦那様。少々よろしいでしょうか？』

決まってしまった流れを断ち切るのは、この場にいない者である。

唐突に部屋に響いたノック。そして扉の向こうから聞こえてきた幼い婚約者の声。

この二つの要素によって、ルトの冷たき瞳にわずかな温《ぬく》もりが宿る。

「リーゼロッテか？　この場は人払いをしてたはずだ。重要な要件でなければ後にしてくれ」

『それは存じておりますわ。ですが急ぎお願いしたきことがございますの。……入室しても構いませんか？』

「……許可する」

わずかな逡巡《しゅんじゅん》。しかし、魔神格の覇気をすぐに打ち消した上で、リーゼロッテに入室するように促した。

「失礼いたします。大事なお話を遮る形になってしまったこと、まずはお詫び申し上げます」

「謝罪は不要だ。それより用件を話してくれ。重要な話なんだろう？」

「それなのですが……」

躊躇いがちに。それでいて何処か困ったような表情を浮かべながら、リーゼロッテはルトに願った。

「その、旦那様。重要なお話であるというのは重々承知しているのですが、少しばかり御心を鎮めていただけると。魔神格の圧の影響で、上階での業務に支障が出ておりますので……」

「む……」

投げられた言葉が予想外のものだったために、ルトは言葉を詰まらせた。

「スマン。ちと熱くなりすぎていたらしい」

「みたいですわね。私の執務室にもわずかですが霜が降りたほどです。……とは言っても、熱が入るのも当然の内容だとは思いますが」

「――待て。一体どこから聞いた？」

だがそれも一瞬。リーゼロッテの不穏な言葉に、すぐに険しいものに戻る。

「『二、三百年は先の～』ぐらいからでしょうか？　かなり逼迫《ひっぱく》した様子でしたので、声を掛けるのが遅れてしまい……」

「完っ全に頭の方じゃねえかそれ……！」

想定よりも遥かに序盤の段階から聞かれていたことが発覚し、思わずルトは頭を抱えた。

大公の密談を盗み聞きする者がいるとは思わなかったと、その姿がありありと語っている。

「盗み聞きとは行儀が悪いぞ……！」

「はしたないこととは重々承知してございます。申し訳ございません旦那様」

「……いい。油断したこちらの落ち度だ。だが聞いた内容に関わる記憶は、この後で俺の魔法で凍結させてもらう。それで盗み聞きの件は不問だ」

ルトは大きなため息とともに謝罪を受け入れる。

幸いにしてルトの魔法は、他人の記憶にも干渉することができる。

あくまで凍結、記憶を固めて引きずり出すことを不可能にするだけだが。それも狙った記憶のみを凍結させるには、結構なトライ&エラーが必要になる類いの方法ではあるが。

「ただ話を聞いていたというのならば、これから起きることも理解できるだろう。リーゼロッテは一旦下がれ。ここから先は、キミが視界に入れるようなものではない」

「それは……今からそこの二人を処理するということですか？」

「そうだ」

「「っ……!!」」

ルトが肯定したことにより、無言で控えていた姉弟から息を呑む気配が漂ってくる。

だがそれに一切反応することなく、もはや姉弟のことなど眼中にないと言いたげな態度で、ルトはリーゼロッテのみを見つめていた。

「まだ小さなキミに見せるものじゃない。下がりなさい」

「あら旦那様。確かに私は荒事、特に死とは無縁の育ちではございます。ですが私はガスコイン公爵家の当主。時として非情な決定を下す覚悟はできておりますのよ？」

「だとしてもだ。わざわざ進んで見るようなものではない。何故そんなに頑《かたく》ななんだ」

「それはもちろん、旦那様の判断に異を唱えるためでございます」

「──何だって？」

再びルトのまとう気配に冷気が宿る。だがリーゼロッテは臆することなく、嫋《たお》やかに微笑《ほほえ》みながら言葉を続けた。

「非常識は承知の上でございますが、旦那様たちの話を聞いて思いましたの。失うのはあまりにも惜しいと」

「……盗み聞きした身で、こちらの決定に割って入ると？　それもコイツらの危険性を理解した上で、キミはその言葉を吐くというのか？」

「ええ。すでにはしたないことをしている身ですので。ならばいっそのこと開き直ってしまおうかと」

絶対零度の眼差しに射貫《いぬ》かれてなお、リーゼロッテは怯《ひる》まない。

そして宣言通り、堂々とした足取りでルトの傍《そば》へと歩み寄っていく。

「驚きの内容ではありましたが、このような形で偽りを語る必要性は皆無です。ならば全て事実なのでしょう。その上で旦那様の主張、そこの姉弟の処遇について、異を唱えさせていただきます」

始末するなどとんでもないと、リーゼロッテは意見する。リーゼロッテもまた、ルトとは別の視点からリックの知識を推し量っていたが故に。

「そこの姉弟を信用できないという、旦那様の意見はもっともです。私も愚か者は好みません。ですがそれ以上に、『本物の賢者の書』は確保しておきたく思います。これはガスコイン公爵家当主として、そして偉大なる天龍帝フリードリヒ陛下の政《まつりごと》を見て育った娘としての判断です」

皇帝に連なる者の視点から、リーゼロッテはリックという劇薬を、あらゆるリスクとともに飲み干すことを提案した。

「旦那様。そこの二人を私にくださいな。せっかく金の卵を産む鶏が現れたのです。飼育もせずに〆《しめ》てしまうのは、あまりにもったいのうございます」

――鮮血に染まった大地の上で、禁じられし賢者の書を携えるのは我々帝国《ていこく》こそが相応《ふさわ》しいと、微笑みとともに告げたのである。

ルトとリーゼロッテ。ガスコイン公爵領における二つの頂が、リックという劇薬の扱いについてそれぞれの立場で意見を述べる。

「コイツらの知識は火種にしかならん。始末した方が面倒はないだろう」

ルトはリックを毒と判断し、早急な処分を。別世界の知識以外に力らしい力を持たず、また浅慮な行動が目立つ者など、抱え込むリスクと全く見合わないとして。

「技術の発展に危険は付き物ですわ。それを上手く制御するのが私たちの責務でございます」

リーゼロッテはリックを副作用の強い薬と判断し、徹底した管理下での利用を。数多の危険性はあれど、それを差し引いてなお得られるであろう利益は莫大《ばくだい》として。

「意外と旦那様は慎重派なのですね」

「ああ。余計な面倒は御免だからな。そういうリーゼロッテは随分と大胆で驚きだ」

「あら。私、これでも少々お転婆《てんば》ですのよ？　なにせハイゼンベルク夫人の薫陶を受けておりますもの」

ローリスク・ローリターン。ハイリスク・ハイリターン。どちらが正しく、どちらが間違っているとも言えない。

「わざわざ危険な賭けに出る必要はないだろう。現状ですでに技術大国として名を馳《は》せ、魔神格を二人も擁する帝国は磐石《ばんじゃく》だ」

「ならばさらにその上を目指すべきです。国家を富ますことは、私たち為政者にとっての永遠の命題なのですから」

保守と改革。慎重と過激。これはそんな主義主張の違いである。

「帝国は人材の宝庫だ。コイツらの知識などなくとも文明は発展する。なら自然の流れに任せるべきだ。拾った木の枝を無闇矢鱈《やたら》に振り回すガキに頼る必要はない」

「ですが時の流れは、何ものにも変えられない至宝でございます。他国よりも早く発展できる。それに勝る優位はありません。そして優秀な頭脳の持ち主が、帝国より先に他国に現れる可能性もゼロではありません」

ルトは文明とは時の流れとともに発展するものと主張し、わざわざ信用できない道具を使って、発展を加速させる必要性はないと断ずる。

リーゼロッテは時の流れこそ貴重であると主張し、その優位性と他国の発展の危険性を説く。

「たとえそうだとしてもだ。コイツらのような浅慮な愚物に、国家事業の頭を張らせられるか。扱う知識に対して、意識も能力もまったく釣り合っていないんだぞ。大ゴケするのが目に見えている。いくら人類が失敗を重ねる生き物だとしても、避けられる失敗は避けるべきだ」

「そこに関しては私も同意いたしますが、旦那様が今まで何度も釘《くぎ》を刺したではありませんか。大局を見通すのは、生きる上でとても重要な技術です。ですが貴族ならば必須のそれも、今日を生きるのに必死な平民にまで望むのは酷というもの。寛容を示し、二度目の機会を与えるのも貴族の在り方かと」

ルトが姉弟の意識不足を指摘すれば、リーゼロッテは平民ならばそんなものだと肩を竦める。

「それでも分のある賭けではないだろ。無理矢理の発展は必ず何処かで皺寄《しわよ》せがくる。そしてこの手の問題で発生する損失は、下限はあれど上限はないんだ。ならば『他国の発展の可能性を潰せた』という成果で満足するべきだ」

「ですが発展によって得られる富、救われる命があるのもまた事実。『かもしれない』の大損害で躊躇《ちゅうちょ》するよりも、『確実』な利益を目指すべきです。そちらの方が結果的には大勢を幸福にすると私は考えます」

ルトはリスクを重視する。最悪の事態が発生する可能性がわずかでもあるのなら、現状すでに磐石な体制となっている帝国にとっては不要な選択だと考える。

リーゼロッテは利益を重視する。確率すら不明なリスクに怯えるのではなく、発展によって得られる確実な利益こそが全体を救うと考える。

「殺すべきだ」

「生かすべきです」

故に二人の意見は衝突する。お互いに立っている視点が違う以上、これは当然の帰結である。

「……平行線か」

「平行線ですわね」

——だが幸いなことに、この二人はただ意見をぶつけるだけの愚物ではない。

「旦那様にとって譲れぬ点は何ですか？」

「できる限りの危険性の排除」

「確実な排除は根本を消すこと。道理ですわね。私の譲れぬ点は、得られる利益を放棄してしまうことですわ」

「目の前にある手付かずの大鉱脈を見逃す馬鹿はいないか。俺もこの馬鹿どもが信用できれば同感だよ」

互いに譲れぬ点は確認した。ならば次に探すべきは妥協点。

「こうしてはどうでしょう？　この姉弟は私が徹底管理し、意識改革を図ります。さらに軟禁することで知識の流出を最大限防ぎ、その上で帝国の発展に尽力させましょう」

「……妥協するにしてもそれでは足らん。俺の方針にすぐに切り替えられる体制にする。いつでも始末できるよう、常に複数人を傍につけるのが条件だ」

「私の管理だけでは不足ですか？」

「そいつらを殺すだけで最低限の成果は得られるんだ。不測の事態が発生した時のためにも、控えの策はいるだろう。リーゼロッテの部下は……そっちが擁護する側であるから不適切か。俺の部下を使う。護衛兼機密保持の監視役と考えれば問題ないだろう」

「なるほど。道理ですわね」

「その上で四点。放出する知識は帝国の技術に準じたものにすること。発明はできる限り現状で使われている技術で再現可能なモノに留めること。リックから放出された知識を実際の技術に転用する場合、何重もの安全確認を行うこと。この全てにおいて、その都度俺の目を通すこと」

「全て問題ありませんわ。どんなに画期的な知識、技術であろうと、周辺の環境を整えない限り真価は発揮できません。そして安全確認は当然やるべきもの。……ですが意外です。旦那様が進んで仕事をすると仰《おっしゃ》るとは思いませんでした」

「業腹だがな。それでも一度は命を奪うと主張しているんだ。我関せずは筋が通らない」

いくらリーゼロッテと協議し、妥協し、相応しい環境を整えたとしても。一度命を奪うほどの危険性を主張したのならば、無関心は許されない。

たとえ皇帝の名のもとに、政務に対する不干渉が認められていたとしても。姉弟に対して目を光らせる義務がルトにはある。

「それは頼もしいことです。でもそれならば、わざわざ始末せずとも、旦那様の下で管理してしまえばよろしかったのでは？」

「何度も言うが、俺はコイツらの知識など不要と考えている。その上で仕事が増えるような選択をするとでも？　キミが介入してこなければと、今でも思ってるぐらいなんだが」

「もちろん、私の顔を立てていただいたことは大変感謝しておりますとも。本当に旦那様はお優しいですわ」

「今後の夫婦関係と、領主であるキミの判断を尊重しただけだ。この地はキミの領地で、そのキミがこの二人の価値を認めたのならば、金の卵を産む鶏として飼いたい言ったのならば譲歩はする。

――だが勘違いするな。あくまで首の皮一枚分の譲歩だ。管理の末にやはり信用できないと判断すれば、その時は決して俺は止まらない。次はない」

「ええ。理解しておりますとも。この結果は全て旦那様の慈悲であるということは」

そう言ってリーゼロッテは淑《しと》やかに、それでいて意味深な微笑みを浮かべてみせた。

「……さて。そこの姉弟。話は聞いていましたね？」

だが次の瞬間には、リーゼロッテは淑女から領主の顔となって姉弟へと向き直る。

「今この瞬間をもって、貴方《あなた》たちの全てはこの私、ガスコイン公爵家当主であるリーゼロッテのものとなり、管理下に置かれます。異論は認めません」

「……そ、それは、私たちの命は助かったということでしょうか……？」

「ええ。見ていた通りですよ。ただ勘違いしないように。確かに私は貴方たちの助命を旦那様に願いました。ですがそれは貴方たちの、そこの彼から得られる利益を惜しんだからです。決して憐憫《れんびん》の類いではありません」

「は、はい！」

「事実、私も旦那様の主張も正当であると認めています。ですのでこれが瀬戸際です。あれほどの釘を刺されてなお、過ちを犯すような愚か者ならば私もいりません。容赦なく切り捨てます」

「ひゃっ……」

思わず姉弟は息を呑む。脅すでもなく、ただ淡々と告げられた言葉の迫力に。

ルトのような物理的な恐怖はなくとも、リーゼロッテもまた上位者に相応しき風格を放っていた。

「ただこれは同時に、貴方たちが有用性を示し続ける限り、私は最大限の庇護を与えるということでもあります。今回のように魔神格である旦那様と対立することも厭いません。できる限り貴方たちを守りましょう」

「は、はい……！」

リーゼロッテによる庇護の宣言。それは目の前でルトから自分たちの助命をもぎ取ったからこそ、大変な説得力が宿っていた。

絶望を払った救世主の言葉は、二人の心に光明をもたらしてあまりある。

「さあ、今この場で跪きなさい。そして宣言しなさい。私とフロイセル帝国に忠誠を誓い、その発展に尽力すると」

「ち、誓わせていただきます！　ナトラ・アンブロスは、ガスコイン公爵様とフロイセル帝国に絶対の忠誠を捧げると！」

「お、同じくリック・アンブロスも、ガスコイン公爵様とフロイセル帝国に忠誠を誓います！」

「――良いでしょう。その誓いを聞き届けます。決して違わぬよう、常に精進しなさい」

斯《か》くしてガスコイン公爵家に、新たな臣下たちが加わることとなる。

別世界の知識を持つ少年と、類稀《たぐいまれ》な金属加工の技術を持った少女。

「――とんだ茶番だな」

そんな二人を、氷の魔神は冷ややかな瞳で見つめていた。

リーゼロッテに姉弟が仕えることが決定したことで、話し合いは終了となった。

その後、ルトは姉弟の扱い、状況に応じて処分することなどをハインリヒに伝え、部下たちに監視のローテーションを組むように命じた。

そうした諸々の指示に加え、リーゼロッテからの要請を受けて訪問してきた軍の高官との面会が発生したことで、ルトの一日は珍しく忙《せわ》しないものであった。

そして現在。久々の業務で発生したストレスを酒で洗い流しているルトの下に、ある人物が訪ねてきた。

「……まさかこんな時間にキミが来るとはな」

「いつもは旦那様が訪ねてくださるので、趣向を変えてみようかと思いまして」

ランプの灯《あか》りにの中で微笑みを浮かべる珍客、リーゼロッテに対してルトは小さくため息を吐く。

「淑女が夜更けに男の部屋を訪ねるなんて、いくら婚約者相手と言えど褒められた行いではないだろうに」

「あら。すでに何度も夜の逢瀬《おうせ》を重ねているのですから、そんな外聞など今更ではありませんか」

「……まぁ、別に構いやしないか。ほれ入れ」

「失礼いたします」

追い返す理由もないので、ルトは大人しくリーゼロッテを部屋の中に招き入れる。

「生憎と茶葉なんて洒落《しゃれ》たもんは常備してなくてな。水かワインぐらいしか出せないが、どうする？」

「ではお水をお願いいたします」

「はいよ。氷はいるか？」

「お気持ちはありがたいのですが、身体を冷やしてしまうのは……」

「そうか。ほれ」

そうして飲み物の用意が終わると、ルトはリーゼロッテと向かい合う形で腰を下ろした。

「で、わざわざ俺を訪ねてきた要件は？　趣向を変えたとか言っても、どうせ何か目的はあるんだろ？」

「あら。今夜は珍しく率直なのですね。普段の旦那様なら、最初は洒脱なお話で私を楽しませてくださるのに」

「それはもちろん、キミを部屋まで送るつもりだからだよ。外聞など今更という意見は否定しないが、それはそれとしてこの時間に他人の部屋に長居するもんではあるまいよ。夜更かしは明日に支障が出るぞ？」

「……いささかか子供扱いされているような気もしますが、紳士としての振る舞いということで納得しておきましょう」

白々しく嘆息しながら、リーゼロッテは素直に本題を語り始める。

「ではお尋ねさせていただきます。旦那様、昼間の即興劇はアレでよろしかったので？」

「即興劇か。そのものズバリな表現だな」

「実際その通りではございませんか。私、本当に驚いたのですよ？　政務の途中で、いきなり壁に氷の文章が現れたのですもの。一瞬ですが襲撃かと身構えましたわ」

「……ああ。それで入室の建前が若干間抜けな内容になってたのか」

「それぐらいの意趣返しはさせてくださいまし」

若干拗《す》ねたような声音になるリーゼロッテに、流石のルトも気まずそうな表情を浮かべる。

実を言うと不思議に思っていたのだ。確かに魔神格の覇気は戦場すら呑み込むが、それはあくまで加減なしで解き放った場合のみ。昼間は姉弟のみに圧を加えていたため、屋敷内の業務に支障を出すなどありえない。

介入の適当な言いわけだろうと思ってルトも話を合わせていたが、まさかそんな言外の抗議だったとは思ってもいなかったというのが本音だ。

「そこに関しては許してくれ。あんな形でしか遠隔で伝言はできないんだ」

「あんな形もなにも。並行して離れた場所、それも遮蔽物すら無視して伝達できる時点で十分便利かと。ただ事前に一言いただきたかったですが」

余程驚いたのだろう。リーゼロッテはなおも抗議を重ねてくる。

「スマンな。あの場でふとリーゼロッテの意見が聞きたかったんだ」

「それは文面からも伝わりましたわ。『少し来てくれ。俺たちの会話を聞いた上で、キミの思った通りに行動してほしい。話は適当に合わせる』でしたか。旦那様がかなりの難題に直面しているのは容易に予想できました」

そしてその予想は正しく、なんならリーゼロッテの想定を超える内容であった。

「別世界。にわかには信じがたいお話ではありましたが、それはこの際置いておきましょう。何故あの場に私を呼んだのですか？　昨夜の話し合いでは、あの姉弟について頑なに話してくださらなかったのに」

だが腑《ふ》に落ちない。リーゼロッテからすれば、ルトの言動に一貫性がまったく感じられない。

「旦那様は私が判断しやすいように、危険性などを扉越しで懇切丁寧に説明してくださいましたよね？」

「ああ。お陰で嫌みったらしい説教擬きをする羽目になった。そういう意味ではあの二人には悪いことをしたよ」

「そこは授業料と割り切るべきでしょう。身から出た錆《さび》ではあるのですから」

らしくないことをしたと苦い表情を浮かべるルトに対して、リーゼロッテは肩を竦めて妥当性を認めてみせる。

別世界の知識を惜しんで姉弟の助命を主張した身ではあるが、リーゼロッテとて姉弟の迂闊さには内心で頭を抱えていたのだから当然だ。

「ともかくです。結果として、私も別世界の知識に関する懸念は十二分に理解することができました。なので広まる前に口封じするという旦那様の考えも、決して間違いだとは思いません。安全重視なら、むしろ口封じこそが最善でしょう」

その上で何故自分を呼び出したのか。それがリーゼロッテには分からないのだ。

盗み聞きの内容から、そして前日の会話からもルトのスタンスは変わっていなかった。判断次第では始末するという宣言は、間違いなく本気のそれ。

ならばリーゼロッテを呼ぶ必要はないはず。秘密というのは知る者は少ない方が断然良いのだから。

「理由は二つある。まず単純に別世界の存在云々は大して重要ではないから。むしろその点は共有するべきだと思ったから。あの姉弟の処遇はあの場で決めれば、一番重要な頭の中身が広まることはないと判断した」

「共有ですか？」

「ああ。別世界の知識持ちは現状で二名現れてるんだ。また湧いてこないとも限らない以上、知識の詳細は知らずとも存在自体は知っておくべきだろう。存在自体が最重要機密なのは変わらんがな」

既知と未知では対応に明確な差が出る。ならば領主という立場にいる者には、そういう輩が存在するということだけは伝えておいた方が良い。

もちろんこれは相手による。別世界の知識持ちがいると知って、妙な暴走をしそうな輩ならばルトも伝えるつもりはなかった。

ただリーゼロッテならば、そういう暴走もしないであろうと判断して巻き込んだのだ。

「……ならば陛下にも伝えるべきでしょうか？」

「天下の皇帝陛下となれば、存在自体は知ってそうな気もするがなぁ。アクシア殿という歴史の生き証人もいるわけだし。なんなら俺たちが知らないだけで、過去から現在における何処かで囲い込んでてもおかしくない」

「……それは否定できませんわね」

リーゼロッテも皇族ではあるが、当然帝国の全てを知っているわけではない。なのでルトが挙げた『もしも』も、機密扱いでリーゼロッテが知らないだけという可能性も十分ありうるのだ。

そして大陸の二大巨頭である帝国の皇帝と、炎神アクシアという存在はそれを否定できない凄《すご》みがある。

「まあアレだ。姉弟がキミの預りとなった以上、その辺りは任せるさ。リックの頭の中身が漏れないようにしてくれればそれで良い」

「それが一番難題なのですが……。ですが善処いたします」

「ああ。無理そうなら俺が直接交渉する。だからしっかり伝えてくれ」

「かしこまりました」

ルトの言葉にリーゼロッテは神妙な表情で頷きを返した。

ルトにとって重要なのは、別世界の知識が不用意に拡散されることによって、余計な災禍が発生するのを防ぐという一点のみ。

未来の地獄を防ぐためなら面倒な仕事とてこなすし、汚れ役も進んで引き受ける。それが必要と判断したならば、善人も悪人も、老人も赤子も関係なく手に掛けるだろう。

だが逆に言えば、それ以外は基本的に関わるつもりはないのである。姉弟がリーゼロッテの預りとなった以上、その領分を超えるようなことをするつもりはルトにはない。

だからこそ面倒な交渉はリーゼロッテに任せるし、それで無理そうならば自分が動くつもりでいた。

「さて話を戻そう。キミを呼んだ理由の二つめ。と言っても単純だ。ここがキミの領地であり、俺がこの国の貴族だからだ」

「……そういうことですか。何が『ふと私の意見が聞きたくなった』ですか。最初からそのつもりだったのではありませんか」

「おっと。舌の根も乾かぬうちに矛盾してしまったか」

白々しく肩を竦めるルトに、リーゼロッテは小さくため息を吐いた。

ルトが自分をあの場に呼んだ理由。それはただ領主としての判断を仰いだだけ。それ以上でも以下でもないのだと察したからだ。

ガスコイン領はリーゼロッテの領地である。領地にまつわる重要事は、領主であるリーゼロッテの裁可を仰ぐ義務がある。

それと同時にルトは帝国の貴族である。故にルトには、常に帝国の利益を追求する義務がある。

つまりルトがやったことは、帝国貴族として最低限の利益を確保した上で、それ以上を求めるかどうかを領主であるリーゼロッテの判断に任せたのだ。

「否定の立場も全て演技。でしたら事前にそうと伝えてくだされればよろしかったのに……」

「悪いとは思っているさ。だが事前に伝えていれば、会話に嘘くささが混じるかもしれないだろう？キミの演技力は信用しているが、扱う題材が荒唐無稽すぎる。やはり無知以上の自然さはない」

「それは否定いたしませんが……」

別世界云々を事前に聞いていた場合、確かにリーゼロッテも冷静でいられたかどうかは不明だ。未知の存在につい凝視してしまうかもしれない。不自然なまでの分析を披露してしまうかもしれない。

ならば万全を期すために、最初から無知でいた方が良いとルトは判断した。

直前に必要な情報を与えることで、会話における不自然さを消す。リーゼロッテがどのような判断をしても問題ないように、もっとも否定的な極論である『始末』を主張した。

全てがルトの思惑通り。舞台を整え、脚本を用意し、演者を配置したのである。

その後は流れに身を任せる。それが一番納得のいく結論になると信じて。

「で、結果はああなったわけだ。即興劇は最終章に移行。俺は否定の立場を全力で演じて悪役となり、リーゼロッテが正義の味方となって、姉弟の人気をかっ攫《さら》っていくという茶番のできあがりだ」

「茶番の割には演者が豪華すぎる気がしますが……」

世界に三人しか存在しない魔神格の一人。大陸の二大巨頭たる帝国の元皇女にして現公爵。別世界の知識を持つ不思議な少年。

豪華すぎるとリーゼロッテが苦笑するのも当然だ。平凡なのはナトラぐらいしかいないのだから。

「演者が豪華なのは劇では良いことだろうさ。壮大な内容になるからな」

「それに比例して起承転結の『転』の部分が激しくなりそうですが。……実際、もし何か問題が起こった場合の不安は——いえ。失言ですわね。それも含めて私はあの姉弟を取り込むと決めたのですから」

恐らく未熟な心から漏れた不安の言葉。すぐさまリーゼロッテは首を振って打ち消すが――

「万全を期した上での結果ならば、その時はもうその時だろう」

意外なことにその失言を、ルトは否定せずに受け止めた。

「……それで良いのでしょうか？」

「万全を期すというのはそういうことさ。俺たちは二つの立場から全力で意見をぶつけ合い、妥協できる体制も見出《みいだ》した。さらにそれに満足することなく、改善点が見つかればその都度修正していくつもりだ。そうだろう？」

「ええ。もちろんです」

「ならばだ。その上で何か起こっちまったら、それはもうどうしようもないことだ。その時は慌てふためきながら、対応策を考えるしかない」

「――真理ですわね」

ただ最善を尽くせばいい。その後に起こったことは、天命として諦めろ。その上でまた頑張るしかない。

無責任な言葉であるが、全くもってその通りだとリーゼロッテは笑う。

先のことも不安に思う必要はない。万全を期したと宣言できるのならば、その時点で考える必要などありはしない。

誰であろうとも、それこそ魔神格であるルトであっても、後悔を先にすることなんてできやしないのだから。

「今の俺たちにできることは、目の前の問題を粛々と処理することだけだ。——さあ、昼の茶番の次の場面、第二幕が始まるぞ？」

そうしてルトは笑ってみせる。観客のように。舞台を仕切る監督のように。

「怯える姉弟を、キミの演技で解《ほぐ》してやるんだ。俺が散々、ついでにキミも脅しちまってるからな。あの二人が緊張やら恐怖やらで壊れたり暴走する前に、上手い具合に手懐《てなず》けるのさ」

「……承知いたしました。このリーゼロッテ、旦那様のお眼鏡にかなう演技を披露してごらんにいれましょう」

リーゼロッテも頭を下げる。舞台で挨拶をする女優のように。

——錚々《そうそう》たる演者がおくるエチュード。その第二幕が幕を開ける。

第3章　敵国の影

別世界の知識を持った姉弟《きょうだい》の確保と、その処遇。帝国軍の高官との神兵対策についての協議。リーゼロッテとの月夜の会談。

なにかとイベントの多い一日を終えたルトであったが、それを越えたことで怠惰の日々が戻ってくるかと言われれば、残念ながら否《いな》であった。

むしろこれからが労働の始まりと言っても過言ではなく、事実ルトは憂鬱そうにしながらも行動を開始していた。

「おや閣下。こんな時間に起きているとは珍しいですね。まだお昼前ですが」

「……アズール。昨日も同じこと言ってたぞお前」

「それだけ驚きが大きいということでございます」

実際ルトの場合、昼前に出歩いているここ数日が例外であり、普段ならば大抵が午後になってやっと動き始めるのだ。普段の行いというものである。

「それで本日はどのような御用件で？」

「例の姉弟についてだ。奴《やっ》らは何処《どこ》にいるか分かるか？」

「それでしたら庭外れの納屋の方かと」

「納屋？　何でそんなところに」

「あの二人は発明家ということでしたので、あそこの納屋を専用の作業場に改築するとのことです。その下見に」

「なるほど」

どのような実験、開発をするかは未《いま》だに決まっていないとはいえ、どちらにせよ屋敷内で行うようなものではない。

だからといって新たに作業場を建築するのは時間が掛かりすぎるということで、屋敷からほどよい位置にあった納屋の一つを改築する方針に決まったのだろう。

「納屋といっても公爵邸の付属物だけあって、あそこも結構な広さだからな。開発と実験が中心ならば、あれぐらいの広さがあれば十分か」

「そういうことでしょう」

別に商売をするわけでもないのだから、必要な道具と設備さえ揃《そろ》っていれば問題ないのだ。そもそも作業員は基本的に姉弟だけである以上、上等な設備があっても活用しきれまい。

それを抜きにしても姉弟、リックの立ち位置はあくまで発明家。技術の誕生の出発点でしかなく、そこから先の実用化は領地、国家政策の一つとして扱われるのだ。

そこに姉弟の居場所はない。姉弟は実際の技術よりも、知識の比重の方が遥《はる》かに大きいタイプの発明家。実用化に向けたブラッシュアップなど明らかに専門外なのだから。

「ちなみに姉弟の案内役として、ハインリヒ殿がご一緒しております」

「護衛や監視ではなくてか?」

「ええ。それはさらに他の者が。ハインリヒ殿は、姉弟の出した要望をまとめるお役目ですね」

「アイツ本当になんでもしてるな……」

リーゼロッテに貸し出したのはルトの方ではあるが、それはそれとしてハインリヒの活躍ぶりには、感心を通り越して呆《あき》れてしまう。

「ハインリヒ殿はとても優秀な方ですからね。私はもちろん、リーゼロッテ様からも重宝されているほどですし。私見ではありますが、正規の役人としても十分やっていけるかと」

「そりゃそうな。元は軍の高官、それもかなりの古参だ。派閥の政争の巻き添えで俺の下まで流れてきたが、それ以前は所属派閥を陰から支える屋台骨の一人だったんだとよ。だから無駄に、本当に無駄に仕事ができる」

「なんと……。高い地位にいたとは聞いていましたが、それほどだったとは」

「だからこそ俺の下、無能で知られていた末端王子の部下に押し込まれたんだ。活躍させないようにな」

事実、ハインリヒがルトの下に左遷されたことで、彼が所属していた派閥は斜陽具合が恐ろしいほどに加速していたりする。それだけ万能な人材なのだ。

「ランド王国軍はなぁ……。あそこは典型的な『下は優秀でも上が総じて駄目』な軍だったんだよ。だから数少ないマトモな上側の奴らや中間の奴らがどうにか回してたんだが、さらにその上の奴らが楽しい楽しい派閥争いに夢中になっちまってたからな……」

実質的に軍を動かしている者たちは、当然ながらその活躍によって注目されている。

そして注目というのは良い面だけではない。敵対者からの標的になりやすいということなのだから。

「必死に回してた奴らが失脚させられたり、上の奴らの身代わりに責任取らされたりで、傍《はた》から見てても中々に泥沼だった。上のマトモな奴らがいなくなったことで、あの軍は一気に弱体化したんだよ」

「ああ……。戦争時の失態の割に、部下の皆さんは優秀だなとは思ってましたが。そういう背景が」

「そーそー。下の奴らは優秀なのが多いんだ。基本的には争いのない国だったんだが、代わりに自然の脅威が中々でな。自然資源に恵まれてる反面、面倒な魔獣の生息地があったり、小規模な自然災害がちょくちょく起こったりで。現場に出てるような兵士たちは、地味に鍛えられてたんだ」

ルトの部下たちはそんな兵士たちの中でも歴戦、長く現場に出ていてもなお戦場に立てるような古豪たちが多いのだ。……いやむしろ、古豪だからこそルトの隠された片鱗《へんりん》を読み取り、その下に集ったというべきか。

つまるところ、彼らが優秀なのはある意味で必然なのである。

「だが悲しいことに、どれだけ下が優秀でも上が無能ばっかじゃ軍は機能しない。頭が駄目なら上質な烏合《うごう》の衆でしかないからな」

「道理でございますね」

「……ま、しっかり機能してても帝国相手じゃ蹂躙《じゅうりん》されて終わりだったろうが」

「そうでしょうか？　話を聞く限りでは、然《しか》るべき能力のある者が指揮を執っていれば、侵攻軍も相応に苦戦したかと」

「俺の祖国だとしても気を使う必要はないぞ。根本の戦力差が違うんだから無理に決まってる」

小国と超大国ではどうやったって勝負になるわけがない。それこそルトのようなバランスブレイカーが矢面に立って、ようやく不利な停戦条約を結ぶことが可能というレベルなのだから。

「ですが何が起こるか分からないのが戦争というものでございますれば。実際、侵攻軍も閣下という隠し札によって、見事に磐石《ばんじゃく》だった盤面がひっくり返されたわけですし」

「そりゃそうだがな。未確認の魔神格がそうそう現れて堪《たま》るかっての。やらかした俺でもそう思うわ」

「流石《さすが》にアレは例外が過ぎるというものです。ただそれを抜きしても、例えば閣下が総指揮を執っていれば、魔神格の力を抜きにしてもいろいろと悪巧みもしたのでは？」

「そんなわけあるか。俺は軍略も素人なんだ。帝国相手に戦争なんか成立させられるかよ。そんな無駄なことするよりは、余計な被害が出る前に、国王や王太子、主要な立場の者を差し出して帝国に無条件降伏するわ」

「……ある意味では、それもまた理想的な指揮官だとは思いますが」

国民や主要施設に被害が出る前に、さっさと勝てない戦争を締めにかかる。それを即断できる指揮官などほとんどいないだろう。

だがルトならばまず間違いなくそれをやる。アズールはそれを確信していた。

マトモに戦争しても勝ち目は最初からゼロ。降《くだ》ったところで国民が搾取されるような統治が敷かれることがないという前提条件がある時点で、この合理主義者は確実に行動に移すと。

味方からは売国奴と非難されようとも、永久凍土の氷のような冷たさと硬さを宿したルトは、微《み》塵《じん》も気にすることなく国家の存続に見切りを付けるだろう。

「……ああ。そういやついでに訊《き》いておくが、残念極まる我が祖国は今どうなってるんだ？　停戦以降はとんと耳にしてないんだが」

「……本当に冷徹なのですね閣下。祖国の戦後情勢に全く興味なしですか」

「そりゃ俺はこの国の大公だからな。木っ端の小国などいちいち気にするものかよ」

呆れを通り越して畏怖に近い表情を浮かべるアズールに対して、ルトはなんてことないように肩を竦《すく》めてみせた。

なんだったらこの会話の流れがなければ、ルトはランド王国の情勢など当分、それこそ数年単位で気にもしなかっただろう。

もはや切っ掛けがなければ頭の中に浮かんでこない。ルトの中では祖国はそういうカテゴリーに分類されているのだ。

「閣下が帝国を第一として考えていただいていると分かり、このアズール、大層感激しております」

「そういうのはいらん」

「そうですか……。ですが私もすぐに閣下の秘書という立場となったので、外交関係についてはほとんど把握しておりません。……それでも想像ではありますが、周辺国を使ってゆっくり経済的に締め上げているのではないでしょうか？」

「やっぱりそんなもんか」

拡大政策を掲げる超大国に小国の分際で喧嘩《けんか》を売ったのだ。一時的な停戦条約を結んだところで、帝国の手から逃れることなどできるわけがない。

「……まあ分かった。さて、そろそろ俺はハインリヒたちのところに行くとする。用が済んで移動されても面倒だからな」

「かしこまりました。お供はいたしますか？」

「抱えてる仕事と相談した上で好きにしろ。俺はどっちでもいい」

「ならば閣下の秘書としてお供させていただきます」

「そうか。まあアズールにしろハインリヒにしろ、いるというのなら何かと便利か。ただ聞くべきではないこともあるということは理解しておけよ」

「心得ております。では御案内させていただきます」

そうしてアズールに先導される形で、ルトは姉弟の下へと移動を開始するのだった。

⚜

公爵邸の庭外れにある納屋。屋敷の者たちからは普通に納屋と認識されており、実際にその扱いも納屋そのものである。

だが庶民的な感性を持っているルトからすれば、公爵邸のそれは納屋とは言い難いものであった。

なにせその大きさは一般的な平民の一軒家よりも上等で、生活に必要な設備さえ揃えてしまえば家としても十分に機能する代物であるからだ。

そしてルトと同じような、いや正真正銘の庶民であった姉弟も同様の感想を抱いていたようで。アズールに連れられて納屋に辿《たど》り着《つ》いたルトが目にしたのは、恐縮そうな表情を常に浮かべている姉弟の姿であった。

「――そんな風にかしこまる必要はありません。ここはリーゼロッテ様が、貴方《あなた》たちのこれからに必要だと判断したからこそ与えられたもの。感謝こそすれど、申し訳なく思うのは間違いですよ」

「それは理解してるのですが……」

「立派すぎて流石に……」

「はっはっはっ。大貴族に仕えるというのはそういうものですよ」

予想以上の代物を与えられて及び腰になる姉弟と、それに笑みを浮かべるハインリヒ。さらには他の監視の部下たちまで苦笑を浮かべている。

その光景は極めて和やかであり、意外なことに姉弟とハインリヒたちの関係は良好のようであった。

「随分と親しそうだなお前たち」

「っ!?　た、大公様!?　失礼しました！」

「も、申し訳ありません！」

「なんで声掛けただけで謝ってんだお前らは……」

たった一言。それだけで表情を蒼白《そうはく》に変えた姉弟に対し、思わずゲンナリとした声が出る。

立場故に突然の出現に驚かれることはあれど、このように恐怖されるのはルトの人生でも初の経験であり、なんとも微妙な気分である。

「ふむ。逆に閣下は随分とこの二人に嫌われてますな」

「そりゃあな。アレで懐かれてたら正気を疑うわ」

散々脅しをかけたのだから、ルトとしても姉弟の反応は納得している。

ただそれはそれとして、こうしたリアクションを取られると鬱陶しいなと思っているだけで。

「それで閣下。何か御用ですか？」

「新人の様子見と、今後の予定についての話し合い。監視の立場になったんだから、これぐらい当然だろう？」

「なるほど。仰《おっしゃ》る通りで」

「そんで、なんであんなに親しげなんだよお前らは。監視の実行部隊だろうに」

「それと同時に、もしもの際の護衛でもあるのでしょう？」

「状況次第では処刑人でもあるぞ」

「それは理解しておりますが。どちらにせよ信頼関係を構築した方が手間が減るというものです」

「はぁ……。任務に支障をきたすなよ」

「心得ております」

念のためにと刺した釘《くぎ》であったが、どうやら杞憂《きゆう》であったようだ。

ハインリヒたちは歴戦の兵士、軍人である。当然ながら任務に私情を持ち込むようなことはしない。

効率を優先して信頼関係を築いた結果、いざという場面で情が移って何もできませんでした、などという事態にはならないだろう。

「まあ効率を抜きにしても、リーゼロッテ様から優しく扱えという指示がございますので。張り詰めすぎては能率が落ちるとのことです」

「……ああ。そういう理由か」

どうやら昨夜の宣言通り、姉弟の精神的負担を減らそうとリーゼロッテがいろいろと動いているようだ。

ならばルトも、ハインリヒたちの対応についてはこれ以上は言うまい。臣下の扱いは、主《あるじ》であるリーゼロッテの領分であるのだから。

「じゃ、俺もちゃちゃっと自分の仕事を済ますとするよ。役割分担。実に素敵な言葉だな」

なにせ自分に割り振られた仕事のみをしていれば、それで問題ないとされるのだから。労働意欲の低いルトにとっては、この大義名分はありがたい。

そうしてルトは、監視役として姉弟に話しかける。その際、二人のリアクションに若干呆れ気味なのはご愛嬌《あいきょう》というものだろうか。

「ほれ。そこで後ずさったまま硬直してる馬鹿姉弟」

「し、失礼いたしました！」

「何か御用でしょうか！」

「御用ですかじゃねぇよ……。別に怒りやしねぇから力抜け。こっち来い。ついでに、その恐怖で固まった表情は止《や》めろ。熊か俺は」

「魔神ですな」

「そういうことじゃねぇんだわ」

ハインリヒからの余計な茶々を捌《さば》きながら、さてどうしたものかとルトはため息を吐《つ》く。

過程はどうあれ、自分たちを始末しようとした相手と不意打ち気味に遭遇したのだから、姉弟のリアクションも理解はできる。

だがルトからすれば、すでに終わったことなのである。なにせルトは個人的な感情であああした言動をとったのではなく、ただ為政者として動いていただけなのだ。

その大半が政治的なパフォーマンスでしかない以上、場面が変わればその時点で演技を続ける理由はなく。

必然的に姉弟に対する認識は、在野の要注意人物からガスコイン家の臣下の一人程度にまで落ちているのだ。役職上では注意を払っているものの、日常での扱いに関しては他の臣下と差をつけるつもりはないのである。

「下手を打ったとは思わんが、それはそれとして締め上げすぎたかねぇ……」

端的に言って、こうも頻繁に恐れられては鬱陶しいことこの上ない。こうして会話などに支障が出るとなれば、とてもとても面倒くさい。

「お前ら落ち着け。昨日の今日で怖がるのも分かるが、んな風に震えられても俺が反応に困る。今の俺を見てどこにビビる要素があるってんだ」

「少なくともガラは悪いかと」

「お前は本当にちと黙れ。な？」

追加されるハインリヒからの茶々を叩《たた》き落としながら、ルトは再び姉弟と向き直った。

「言っておくが、俺は基本的に公私は分けるし、仕事も仕事で区別をつけるぞ。昨日は昨日で、今日は今日だ。リーゼロッテがお前たちを引き取るとなった時点で、完璧に区切りはついている。この意味は分かるか？」

「えっと、もう怒ってない、ですか……？」

「怒り云々《うんぬん》の話じゃねぇの。評価項目が違うんだよ。在野で活動していたお前たちは落第。それは変わらない。ただリーゼロッテの臣下としては採点中。失点があれば叱責するし、度がすぎれば処断する。逆に功績があれば褒美を与える。何もなければ何もしないってだけだ」

信賞必罰。この原則に則《のっと》ってルトは姉弟と、いや公爵邸で働く全ての者たちと接している。基本的に政務が存在しないために、私的な振る舞いが大半を占める印象があるが、その言動の下では淡々と物事を判断しているのだ。

「ちなみにさっきの失点な。あんなあからさまに表情に出すな。俺だから問題にしないが、他の貴族にそれをやったら大問題だぞ。お前らの失態はそのままリーゼロッテの失態になる。その辺りは理解しろな」

「ひっ。失礼いたしました！」

「申し訳ございません！」

「俺そんな怖がられるぐらい強く言ったか……？」

悲鳴混じりの謝罪を受け、微妙に釈然としない表情を浮かべるルト。実際、貴族の世界に足を踏み入れたばかりかつ、リーゼロッテの臣下ということを考慮し、叱責と呼ぶには緩すぎる口調で伝えたつもりなのだが。

「こりゃ流石に話にならんなぁ……」

論外だと、ルトは頭の中で結論づける。そして脳内で予定していたスケジュールを組み替えた。

確かにルトは姉弟を始末しようとした。少なくとも二人からすれば、殺されかけたとても恐ろしい相手なのだろう。だがガスコイン家の臣下となった以上、そんなことは関係ないのである。

たとえ古馴染《ふるなじ》みであろうが、親兄弟の仇《かたき》であろうが。相手が目上の貴族であるのなら、礼を失するような振る舞いをしてはならない。

どんな相手であろうが、対面したのなら澄まし顔で恭しく頭を下げ、挨拶を交わす。臣下はそれができなければならない。

それができなければ失態である。そして臣下の教育も満足にできないということになり、主の面子《メンツ》すら傷付ける。ましてや主の婚約者であり、特に不機嫌そうにもしていないルトを相手にあからさまに恐怖するなど、失態を通り越して笑い話の類いだ。

「――今後について具体的な協議をしときたかったんだが、それ以前の問題だなこりゃ。仕えて間もない以上は仕方ない部分もあるとはいえ、限度ってもんがある」

恐怖が先行して外面を取り繕うことすらできず、なんなら受け答えもおかしい点が目立つというのは看過できない。

外部に晒《さら》す気はない人材とはいえ、醜聞がどこから広まるか分からないのだ。早めに手を打つに限る。

「アズール。このことをリーゼロッテに報告。そんで当分は教育漬けにするよう伝えてくれ。どうせ作業場の準備等で本格的な運用はまだできねぇんだ。だったら先に臣下としての振る舞いを身につけさせろ。俺としても、毎度コレだと鬱陶しくてかなわん」

「かしこまりました。では失礼します」

ルトの指示に従い、アズールが一礼してからその場を後にする。それを見送ったあと、ルトは笑顔で姉弟に告げた。

「てことで、喜べお前ら。これから毎日お勉強の時間だ。礼儀作法を徹底的に叩き込まれるだろうから、覚悟しとけよ」

「昨日までこの世界とは縁もゆかりもなかった二人には、ちと厳しい気もしますがなぁ……」

「王侯貴族なら物心ついた頃に通る道だ。何も知らないガキができて、知識のあるコイツらにできない道理はないだろう」

ナトラは帝国の魔術学園に通っていた才媛。そしてリックは、文明レベルが遥かに進んだ別世界の知識を持つ異端の少年である。

どちらも高等教育を受けた経験があるのだから、子供でもできるような礼儀作法の教育とて問題あるまいとルトは語る。

「お前らも分かったな？」

「は、はい！　その、申し訳ございません」

「失礼しました！」

「いちいち謝んな馬鹿たれ。そのとりあえず謝罪するって考えは今すぐ捨てろな。それこそ謝罪が必要になる悪手だぞ」

ペコペコと謝罪を繰り返す姉弟に、ルトは嘆息しながら貴族社会の道理を語る。

「謝罪するってことは自分の非を認めるってことだ。その辺の教育がされてなきゃ理解しにくいだろうが、利益の絡む世界では不要な謝罪は自殺行為だ。たとえ相手が悪いとしても、自分が何もしていなくても、謝罪した時点で自分に非があるってことになる。ここはそういう世界だ」

隙を見せればつけ込まれる。理由など後から適当にでっちあげればいい。吐いた言葉は呑み込めない。

それがまかり通るのが貴族の世界だ。無法というわけではなく、法と同等以上に信義や誇り、責任などが重視されているのである。

だからこそ言葉一つが重大な意味を持つ。だからこそ失言は当人のみならず、時には主すら巻き込む失態となる。

「分からない、知りませんでしたで済まされる世界じゃない。だから学べ。相応《ふさわ》しい立ち振る舞いを身につけろ。臣下が主の足を引っ張るなどあってはならないことだ」

その代償は時に命にまで及び、親類縁者にすら飛び火することもあるのだ。身の安全という意味でも、決して疎《おろそ》かにしてはいけない。

「その辺に関して言えば、むしろリーゼロッテの方が厳しいぞ？　なにせ元皇女で現公爵のやんごとない御方《おかた》だ。俺みたいな小国生まれのなんちゃって王族とはわけが違う。意識改革は早急に。これは脅しじゃなく、善意からの忠告ってやつだ」

「は、はい！」

「かしこまりました！」

「んじゃ、頑張れや。人前に出られるぐらいになったら教えろ。お前らの本業についての協議に移る。——できる限り早くしろよ？　お前たちは使用人ではなく、発明家なんだからよ」

最後にそれだけ伝えて、ルトは姉弟の前から去っていった。

⚜

さて、納屋から公爵邸に戻ったルトであるが、その後はとても珍しい場所に移動していた。

その場所とはルトの執務室である。形式的に用意されていたが、公爵邸で暮らして以来一度も使ったことのない自身の執務室に、ルトは夕方まで籠《こ》もっていたのだ。

それはとても異例なことだ。何度か息抜きとして出歩くことはあったが、ほぼ一日中ルトは仕事をしていたことになるのだから。

『閣下。少々よろしいでしょうか？』

「ハインリヒか。入れ」

「失礼いたします。……まさか本当に自らお仕事をなさっているとは」

「入った途端にそれか。随分な挨拶だなジジイ」

「日頃の行いというものでございます」

何か用事があって執務室を訪ねてきたハインリヒですら、思わず目を丸くするほどだ。

それだけルトは働かないというイメージが強いのだ。今日を含めたここ数日は嫌々ながらも精力的に活動しているが、やはり一度定着してしまったイメージというものは強い。

「実際どういう風の吹き回しで？　閣下が自らお仕事をなさるとなると……やはりあの姉弟の件ですかな？」

「ああ。詳細は機密につき説明できんが、あの姉弟の運用には取り決めごとが多くてな。その辺を書き起こしていたところだ」

「そのようで。機密である以上は訊《たず》ねるつもりはございませんが、随分とまあ厳しく管理するのですな」

「それだけ扱いが面倒なんだよ。アイツらはな」

異なる世界の、現代よりも進んだ文明の知識の持ち主。それも会話した限りでは、リックはルトの脳内に刻まれた『男』よりも遥かに専門的な知識を有している可能性が高い。

だからこそルトは神経を使っているのだ。始末という選択肢を、常に脳の片隅に控えさせておくぐらいには。

「おかげで一日中机仕事だ。明文化なんてやってらんねぇんだがなぁ。とはいえ、しっかり形にして共有しなければ話にならんことでもある。実に面倒くさい」

口頭でのみ伝えた規則など、むしろ存在する方がこの場合は害悪である。お互いの認識の齟齬《そご》から、何処かのタイミングで問題が発生する可能性が高いのだから。

明文化していないがために、『流石にこれはやらないだろう』と『これぐらいならやっても許されるだろう』というすれ違いが起こった例を、ルトはいくつも知っている。

ランド王国で無能として外野から眺めていた時も。別世界の男の記録を脳内で確認している時も。世界を超えて確認できるぐらいには、この手のすれ違いから生じるミスはありふれていた。

姉弟からすれば最悪自分たちの命が、ルトからすれば最重要機密が。双方にとって見過ごせない損失が発生するのは明らかである以上、しっかりと明文化させて対策を取るのは当然であった。

「だから早い内にその辺の打ち合わせをしようと、様子見ついでに今朝アイツらの下に向かったんだが……」

結果は朝の通り。姉弟のルトに対する恐怖心が思った以上だったために、優先順位の変更を余儀なくされたのだった。

「なるほど。冷やかしついでに顔を出したのかとばかり」

「テメェはマジで主を何だと思ってんだクソジジイ。その沸いた頭、この場で冷やしてやろうか？」

「はっはっはっ。それはもっと暑くなってきたらお願いしたいですな」

「図太いジジイめ……」

「主に似たのですよ」

怒気混じりのツッコミすら飄々《ひょうひょう》と受け流されたことで、ルトは大きくため息を吐いて話を戻すことにした。

「ともかくだ。結果として協議はできなかった。だからこうして素案だけでも作ってるんだよ」

「あ、素案なのですね」

「当然だろ。基準の設定にはかなり専門的な知識が必要になる。立場の差で一方的に押し付けるより、当事者の意見も参考にした方が質も上がるし、その上で利益も出しやすい。あの姉弟は俺とリーゼロッテが共同管理しているようなものだからな。相応の配慮はいる」

別世界の知識をどこまで活用するかといった基準を、ルトが一方的に決めつけることはできない。リーゼロッテが利益を求めて姉弟を確保した以上、過剰な制限を掛けて妨害してしまうのはよろしくないのだ。

かと言って制限を緩くしてしまえば、文明レベルの異なる技術が世に流れることになる。

だからできる限り正確な基準を設定する必要があるのだ。そのためにはリックがどれだけの知識を有しているかを確認する必要があるし、魔術関係ではナトラの知識も必要となるだろう。

「あとはこうして協議の姿勢を実感させることで、疑問や意見を溜《た》め込まないようにさせる狙いもあったりする。俺だって完璧じゃねぇからな。抜け穴や間違い、矛盾は絶対にあるし、その辺を都度修正できるようにしたいんだよ」

現状では強烈な脅しを掛けたこともあって、姉弟側からそうしたコンタクトを取るのが難しくなってしまっている。

別世界の知識という繊細な重要機密を扱う上で、それはあまり好ましくないのだ。

「それならば、もう少し姉弟に手心を加えるべきでは？　今朝のような態度を取っているから、ああも萎縮されるのですよ」

「もう十分に手心加えてんだよなぁ。言っちゃ悪いがダダ甘だぞ俺」

「それは否定しませんがね。単純に閣下の印象がよろしくないのですよ。言葉遣いは荒く、表情はかなりの確率で渋面か呆れ顔。まとう雰囲気も気怠《けだる》げとなれば……。常に機嫌が悪そうと思われても、仕方のないことでは？」

「おうコラ言ってくれるじゃねぇかクソジジイ」

予想外の酷評が飛んできたことで、ルトの額に青筋が浮かぶ。シンプルにガラが悪いせいと言われてしまえば、他人の評価など気にしないルトとしても思うところはある。

「……そんなに酷《ひど》いか俺？」

「相談しやすいかと言われれば、慣れないうちは難しいかと」

「ぬぅ……」

別に仲良しこよしをしたいわけではないが、職務上での風通しが悪くなっているとなれば、検討しないわけにはいかない。

立場を考えれば、大公であるルトが気にする必要はない。だがルトは合理を優先する。それも多少愛想よくする程度の手間で、姉弟だけでなく周りにも悪くない影響を与えられるとなれば、一考する余地はある。

「つってもなぁ。愛想よくするとか面倒なんだよなぁ」

「はっはっはっ。まあ、そこまで気にする必要はありますまい。まだ閣下に慣れてはいないだけで、時が経《た》てば懐くことでしょう」

「その根拠は？」

「閣下はなんだかんだでお優しいですからな。こうして自らを省みているのがなにより証拠でしょう。優しさに触れれば、人は心を開くものです」

「気色悪いこと言うな。ただその都度効率的だと思った行動を取っているだけだ」

「そういうことにしておきましょう」

「鬱陶しいジジイだなオイ……」

なんとも生暖かい眼差《まなざ》しを向けられたことで、ルトは顰《しか》めっ面《つら》で舌打ちを零《こぼ》した。

ルトとしてはそういうつもりなどないのである。ただ合理と効率を優先した選択肢を選んでいるにすぎない。

単に相手の感情などの要素も踏まえた上で判断する場合があることから、結果的にそのように感じられることがたびたび起こるだけで。

「……まあいい。話をちと変えるが、コレを持ってけ」

「これは？」

「こっちの素案を組むついでに作った、監視の基準だよ。機密部分はぼかしてあるから、ありきたりな内容しか書いてないがな」

「ああ。これはこれは。確かにあると助かりますな」

姉弟だけでなく、監視するルトの部下たちにも似たような基準は必要であろう。なので姉弟用の書類を作成しながら、監視用のマニュアルも用意しておいたのである。

「基本的に特別なものはない。逃亡、外部との無許可な連絡など、その辺の行為が確認され次第始末しろ」

「聞いていた通りでありますな。して、疑惑の場合は如何《いかが》しますか？」

「その辺は記してあるが、斬れ。多少の弁明は聞いても構わんが、基本的には処分だな。先んじて警告はしてあるんだ。その上で機密漏洩《ろうえい》が疑われるような振る舞いをするなら、救いようのない馬鹿ってことでお終《しま》いだ。その辺はリーゼロッテとも話はついている」

「かしこまりました。では他の者とも共有しておきましょう」

容赦はするなというルトの言葉に、ハインリヒは特に疑問を浮かべることなく頷《うなず》いてみせて。

姉弟と友好的な関係を築こうとしていても。ルトとの会話では姉弟寄りの意見を出していても。

ハインリヒは、そして部下たちは歴戦の軍人である。故に重要な部分では極めて冷徹に、情を交えることなく命令に従うのだ。

「……ああ、ただ閣下。この件に関わる点で一つよろしいでしょうか？」

「何だ？」

「実は私がここを訪ねた理由でもあるのですが、あの二人が外部と連絡を取りたいようでして」

「……あ？　あの馬鹿どもは鶏か何かか？　昨日の今日で〆《しめ》られるのを望むか」

ハインリヒから報告された内容に、自然とルトの声音が冷気を帯びる。

明文化していないとはいえ、昨日の段階でその辺りはしっかり口頭で提示した。その上で早々に反するような素振りを見せられたのだから当然だ。

だがそんなルトの反応に、ハインリヒはいやいやと首を振りながら頭を下げる。

「ああ、いえ。私の言い方が悪うございましたな。実際にそうしたわけでも、素振りを見せたわけでもございません」

「では何だ？」

「ちょっとした会話の流れで零していたのですよ。なし崩し的に軟禁が決まってしまったが、せめて恩人である酒場の夫婦には別れの挨拶をしたかったと」

「……」

言われてみれば確かにそうだろう。姉弟はルトの下を訪ね、そのまま公爵邸に軟禁が決まったのだ。あまりにも唐突であったことは否定はできない。

一応、騒ぎを避けるために公爵家から使いを出したとは聞いているが、姉弟がそれを伝えたわけではない。

身の上話を聞く限りだと、海猫亭を経営する夫妻は、姉弟がドン底の状況でいろいろと世話になった大恩ある者たちのようであるし。せめて別れの言葉を伝えたいというのが、人情ではあるのだろう。

「それで、お前は俺にどうしろと言うんだ？」

「いえ、最初は報告だけのつもりでしたが。今までの会話で、案外丁度いいのではと思いましてな」

「何がだ？」

「協議してみてはいかがですか？　この件に関してあの二人と。結論をどうするかというのは一旦置いておきまして。職務上の風通しを良くするための、手っ取り早い餌になる内容かと」

「……なるほど？」

その提案は、ルトとしても検討するに値する内容であった。


ルトが珍しく書類仕事に勤《いそ》しんだ翌日。朝食を終えたルトは、自室にてある決心をしていた。

「……今日は働かねぇぞ絶対」

休日宣言である。

というのも、ルトはここ数日柄にもなく働いた。発明市を切っ掛けに神兵を見つけ、姉弟を引き込み、帝国軍の高官と神兵対策で話し合い、姉弟関係でデスクワークを行った。

ほんの数日のことであるし、領主として働くリーゼロッテに比べれば大したことない仕事量である。

だがそれでもルトは我慢ならなかった。怠惰を至上とするルトは、これ以上の労働はまったくやる気にならなかった。

故に今日は休む。数日ぶりにダラダラとベッドに寝そべりながら、公爵邸の書斎の棚から適当に引き抜いてきた書籍を読もうと決意していた。

「さてと。最初は……帝国史にでもするか」

読むべき本を決めた後は、黙々とページを捲《めく》っていく。実を言うとルトは読書が好きだ。基本的にぐうたらな人生を過ごしてきたために、動かずに時間を潰せる読書はよくしていた。

ルトはすぐに本の世界に没頭することとなる。チョイスした本が帝国史、炎神アクシアの伝記とも言える内容であったことがそれに拍車を掛けた。

『――閣下。少々よろしいでしょうか』

「……」

その集中力はかなりのもので、アズールが部屋を訪ねてきてもなおルトは本の世界から戻らない。

『閣下？　あの、よろしいでしょうか？　重要な御話があるのですが』

「……」

『……また寝てる？　申し訳ありませんが、御部屋に入らせていただきます』

「……」

「失礼いたします。……起きてらっしゃるではないですか」

アズールが部屋に入ってきても無反応。無言でページを捲り続けている。

「閣下。重要な御話がございますので、一度本を閉じていただけますか？」

「……」

「閣下。返事をお願いいたします」

「……」

「閣下？　もしやわざとですか？」

「……何故《なぜ》いる？」

何度目かの声掛けで、ようやくルトも気づいたらしい。それでも本から視線を外すことなく、アズールがこの場にいる理由を問うている辺り、かなり読書に没頭していたことが窺《うかが》える。

「ノックをしても全く御返事がなかったので。失礼ながら入室させていただきました」

「主の私室に許可なく入るか普通？」

「閣下自らが以前に許可していたではありませんか。時間関係なく寝てる可能性があるから、訪ねて返事がない場合は直接起こせ、と」

「……起きてるだろうが」

「返事をなさってくれなければ分かりませんよ」

ぐうの音も出ない正論を突き付けられ、ルトは仕方ないかとため息を吐く。

「で、何の用だ？」

「御説明いたしますので、一旦本から意識を逸《そ》らしていただけますか？」

「今かなり良いとこなんだ。あとついでに言うなら今日は完全休業だよ。仕事はせんぞ。明日なら話ぐらいは聞いてやる」

だから明日にしろと、ページを捲りながらルトは告げる。

だがしかし、アズールは毅然《きぜん》とした態度でそれに対し否と返した。

「重要な御要件でございますので、早急に本を閉じていただけますか？」

「……今日は本気で仕事とかしたくないんだが」

「申し訳ありませんが、それは了承しかねます」

「……駄目？」

「駄目でございます」

「……はぁぁぁぁ……」

微塵も引く気配を見せないアズールの姿に、ついにルトも折れた。こうまで譲らないのであれば、本当に重要な要件なのだろうと判断。

ならば仕方ないかと、大きな、とても大きなため息とともにようやくマトモにアズールと向き直る。

「せっかく一日中ダラダラする気まんまんだったんだがなぁ……」

「また随分と未練がましいですね。閣下らしくないように思えます」

「完全な休日気分だったんだよ。それがポシャッたんだから嘆きたくもなる」

姉弟関係の素案は八割方完成させた。あとは本人たちと協議することでブラッシュアップさせるだけであり、その作業は姉弟の礼儀作法の教育が終了するまでお預け。

基本的にルトが積極的に動いていたのは姉弟関係の案件なので、その当の本人たちが教育漬けになった時点で一段落と判断できる。直近のタスクは完全に処理したつもりになっていたのだ。

そこから一転して仕事、それも重要な案件が転がり込んできたとなれば、気分も沈んでしまうというもの。一日オフと決心していたこともあり、その反動は極めて大きい。

「で、その内容とやらは一体何だ？」

「ランドバルド大佐からの使いの者が。監視対象に動きがありとのことで、リーゼロッテ様と閣下に本日中の面会を希望されております」

「……まさかの神兵関連かよ」

アズールから伝えられた内容に、ルトは思わず顔を顰めた。法国の神兵。ここ数日でルトが抱え込んだもう一つの案件である。

姉弟関係が能動的な案件だとすれば、神兵関係は受動的な案件。

帝国軍が主導するカウンターインテリジェンスに対し、超戦力たるルトが適宜協力していく形で進行する予定となっている。

つまり、こうして使いが出されたということは、語られる内容次第では近日中にルトも動くことになる可能性が、魔神の加護を得た神兵をその手で狩る可能性があるということ。

「クソが……。マジの重要案件じゃねぇか」

「だから最初からそう伝えたではありませんか」

「予想できるかよ。軍に伝えてからまだ何日だと思ってやがる。流石に早すぎんだろ」

神兵の案件は、姉弟のそれとほぼ同時に発覚したもの。帝国軍に存在を伝え、そこから監視体制を構築してまだ間もないのだ。

そうでありながら相手陣営に動きがあったというのだから、ルトとして不穏な気配を感じずにはいられない。

神兵たちが想定よりも諜報《ちょうほう》の練度が低く、あっさり尻尾《しっぽ》を摑《つか》むことができたのならば良し。

逆に帝国軍側が勘づかれた結果、早々に何らかの行動を起こそうとしているのなら微妙なところ。

ルトが気づくよりもずっと前からこの地で暗躍しており、単純に準備が整ったために動き出そうとしているのなら最悪だ。

「こりゃ下手したら当分働き詰めだなオイ……」

予想以上の大事となる可能性に、思わず嘆きの言葉が漏れる。今日の休日宣言は完全に潰れたと言っていい。それどころか、内容次第では長期で休みが取れないかもしれない。

ぐうたらに過ごすと決心したその日にコレとは、なんという不条理かと目を覆いたくなるほどだ。

だが嫌だとは言えまい。何故ならこれは数少ないルトの仕事。皇帝フリードリヒと交わされた、魔神格としての責務。

領地の危機、ひいては帝国の危機だと判断した時、ルトはその力を容赦なく振るうのだ。

「了解した。時間については要望はない。リーゼロッテと話し合って決めろと伝えろ」

「かしこまりました」

突如として舞い込んできた重要案件によって、ルトの休日は完全に潰れてしまった。

その事実にルトは嘆くばかりであったが、時の流れは平等にして無常。約束の刻限となり、ルトはリーゼロッテの執務室に訪れていた。

「俺だ」

『お入りくださいませ、旦那様』

「ああ。……っと、どうやら俺が最後か」

許可が返ってきたので扉を開ける。すでに人払いがなされているらしく、執務室にいたのはリーゼロッテと帝国軍の高官が一名だけ。

ルトとも面識のある人物であり、前回の対神兵にまつわる話し合いの場に出席していた帝国軍側の責任者であった。

名をゼノ・オルグ・ランドバルド。サンデリカの近辺に存在し、この地方で活動する帝国軍を管理する【レオン基地】。その諜報部門のトップとして辣腕を振るう大佐である。

「数日振りだなランドバルド大佐。まさかこんな早い再会になるとは思わなかったよ」

「ハッ。大公閣下の御手を煩わせ、大変申し訳なく思っております」

「構わん。これが役目だ」

頭を下げ謝罪するランドバルドに、ルトは端的に問題ないと告げる。

休日が潰れたことに嘆きはしたが、それはそれ。魔神格としての役目である以上、私情で手を抜くつもりは微塵もない。

「確認するが、話はもう始まっているか？」

「いえ。大公閣下をお待ちしておりましたので」

「そうか。気を使わせたな」

「旦那様がいなければ始まりませんもの。当然のことでございます」

それではと、リーゼロッテが言葉を紡ぐ。部屋の主であり、領主でもあるリーゼロッテの音頭によって話し合いが始まった。

最初に口を開いたのはランドバルドだ。

「まずは状況の説明を。大公閣下の報告から、私の部下でも手練《てだれ》の者たちを動員しました。こちらが件《くだん》の神兵と、対象が表向き所属している【トリストン商会】に関してまとめた資料です」

「ほう。随分と早いな」

「流石ですね。城にいた頃から話には聞いていましたが、軍の諜報部は本当に優秀なようで」

「光栄にございます」

差し出された紙束、今回の件についての調査報告書を確認しながら、ルトとリーゼロッテは感心の言葉を漏らした。

ほんの数日しか経っていないというのに、報告書はかなりの量に及ぶ。内容も分かりやすくまとめられており、それでいて要所については詳細に記されていた。

軽く目を通しただけでも、ランドバルドと彼が率いる諜報部の優秀さが理解できるほどだ。

「……素直に脱帽だ。一朝一夕の質ではないな。よくこの短期間でここまでのものを用意した」

「個人規模となるといささか厳しいですが、ある程度の規模の組織は平時から目を光らせておりました。特にこの商会は他国に本拠がございますので」

「元々が要注意対象だったのか。いや当然か」

自国内で他国の勢力下にある組織が活動していれば、疑いの有無にかかわらず警戒の対象となる。カウンターインテリジェンスという観点からはそれが道理だ。

だからランドバルドも誇らない。ルトたちの賞賛に合わせた返答をしているが、実際は当然の備えとしか思っていないのだろう。

「……書類の確認が済みました。旦那様の言う通り、見事なものでしょう。ですが読んだ限りでは、大佐が私たちを訪ねるほどの内容とは思えませんが？」

「それはあくまで基礎知識のようなものとご認識ください。本題に関しては、今お渡しした資料を元に口頭で説明させていただきます」

「なるほど。聞きましょう」

ランドバルドの言葉にリーゼロッテも頷く。資料はあくまでも資料。これを起点に全てが始まる。

「まずこの商会に関してですが、完全な黒というわけではないようです。調査をした限りでは組織ぐるみではなく、法国の諜報員が一部巣食っている形かと思われます」

「知らずに紛れ込んでいると？」

「内部事情まで調べるのは困難でしたので、詳細は不明です。ですが商会上層部の中に少なくとも一人、法国の者がいると思われます」

あくまで推定。だが商会内である程度の裁量を確保するためにも、一定以上の地位にいた方が効率的なのは事実。

故に確証はないものの、ランドバルドは断定に近い形でそう告げたのだ。

「そいつの目星はついているか？」

「残念ながらコレだという人物は。ですが下の者に関しては、ほぼ把握できているかと。大公閣下から報告にあった神兵を起点に監視してみたところ、行動に違和感のある者が何名かおりました。四枚目の資料に載っている者たちがそうです」

「……ああ、この部分ですか。人員関係だけまとめ方がおかしいと思っていましたが、そういう意図でしたか」

「はい。可能性は低いですが、情報流出を警戒した形です」

「よくやるな……」

渡された資料の中でも、従業員にまつわる部分だけ少々雑なまとめ方がなされていたのは、ルトも気になっていたのだが。

どうやら該当人物への記載を一箇所に集めるための、そしてそれをぼかすための意図があったらしい。

簡易なカモフラージュではあったが、ルトとリーゼロッテのみに渡される資料にすらかなり気を配っているようだ。

課報部門のトップに相応しい警戒心だと、ルトは呆れ混じりの感心を零した。

「ではコイツらについて重大な何かが分かったとか、そんな内容か？　それともコイツらの中に神兵が何人いるか、俺に探ってほしいとかか？」

「神兵の判別は是非ともお願いしたいですが、それとは別でございます。……実は我々が調査を開始した当日から、この者たちの動きがかなり活発化しておりまして」

「ほう？」

「……それはまた、穏やかな話ではありませんね」

ルトはもちろん、リーゼロッテからもわずかに剣呑《けんのん》な気配が漂い始める。

諜報員の活発化。碌《ろく》でもない想像しか湧いてこない変化である。

「大公閣下の報告から始まった調査ではありますが、先ほどもお伝えした通りこの商会には以前から注目しておりました。それでここ数日の動きを比較してみたところ、かなりの差異が確認されまして」

いわく、件の者たちがガスコイン公爵家に関する噂《うわさ》をそれとなく集め始めた。

いわく、最近ガスコイン公爵家に召し抱えられた姉弟が働いていた酒場に通い始める者が現れた。

いわく、ガスコイン公爵家とも関わりのある商会に、商いの取引を持ち掛ける流れがトリストン商会内で発生している。

こうして動きの全てがあからさまではないにしろ、見るものが見れば分かるぐらいには活発になっていると、ランドバルドは語る。

「不穏だな」

「ええ。なんとも不穏です」

「個人的な経験から申しますと、こういう時は大抵が碌でもない裏がありますね」

三人が揃って渋面を浮かべる。確定的な証拠は摑んでいなくとも、面倒な事態がやがてやってくるという結果だけは、明確に想像できてしまったからだ。

「はぁ。嫌になってくるな……」

実害らしい実害はなく、明確な脅威かどうかも現状では定かではない。

それでも足元で蠢《うごめ》くナニカの気配だけは明瞭で、それがどうにも据わりが悪い。

「活発化したのが調査開始と同日ということは、やはりこちらの動きがバレたか？」

「それでほぼ間違いないかと」

「マジか……。となるとやらかしたのは俺だな……」

自然とため息が出る。神兵が活発化した原因に心当たりがあったからだ。

神兵を発見した当初、ルトは部下たちに監視を任せた。目を離した隙に、何か大それたことをやられては堪らないという理由からだ。可能性は低くとも、念のためと配置させたのだが、どうやらそれが裏目に出てしまったらしい。

「……やはり専門外のことをやらせるべきではなかったか。スマンなランドバルド大佐。悪手を打った」

「いえ。大公閣下の懸念はごもっともです。それに潜伏中の諜報員を見抜けなかった我々の落ち度でもございます」

報告がなければ全てが始まらなかった。ランドバルドはそう言ってルトの謝罪を流した。

「なによりこの動き方はおかしいのですよ。我々としても想定外でした」

「想定外、ですか？」

「はい。端的に言いますと、具体的な目的がある動き方なのです」

「ふむ……？」

ランドバルドの断言に、リーゼロッテは首を傾《かし》げる。情報の重要さを理解しているリーゼロッテであるが、こと諜報戦に関しては素人《しろうと》であるために、いまいちピンとこないのである。

だがルトは違った。生来の頭の回転の早さに加え、短期間と言えど戦場に出ていたがために、暴力の気配を敏感に感じ取っていた。

「……そうか。普通は動く意味がないのか」

「ええ。その通りです」

「どういうことでしょう？」

「単純な話だ。勘づかれて動きを変えるってことは、後ろめたいナニカをやってるってことなんだよ」

察知されたところで、問題がなければ動きを変える必要はない。今まで通りの活動をしているはずなのだ。

だが相手は活発化した。それが全てを物語っている。

「諜報活動は後ろめたい行為では？」

「いえ。ただの情報収集なら問題ありません。相手は表面上は法国の人間ではありません。我々が強権を発動する理由としては弱く、かと言って秘密裏に処理するには強すぎる相手です」

「……そういうことですか。堂々としていればやりすごせるにもかかわらず、わざわざ動きを変えた。それは必然的に、私たちが強権を発動するに足るナニカを相手が行っていると」

「左様でございます。付け加えるなら、何らかの証拠を掴まれたと判断しているのかと。それも想定外の事態として捉えている。だからこうも慌ただしい」

情報収集。例えば噂話を集める、現地で起きている事実を記録するなどであれば、帝国側が動く理由にはならない。

何故なら法を犯していないのだから。罪のない他国の人間を、帝国の貴族や軍が強権をもって害すれば、国際社会における帝国の信用問題となる。

少なくとも、帝国と敵対関係にある法国は自陣営の国を巻き込んで声高に批難を叫ぶだろう。

そんな強固な鎧《よろい》を身にまとっている者たちが、貴族の私兵に軽く見張られた程度でアクションを起こしているのだ。

それすなわち、鎧が鎧として機能しない証明。罪となるナニカを行っている理由に他ならない。

「具体的な目的。つまるところ違法行為を前提とした作戦行動中だと、ランドバルド大佐はそう睨《にら》んでいるのだな？」

「ええ。当初はただの情報収集の類いかと思っていましたが。なにせこの街には大公閣下がいらっしゃる」

「新たな魔神格の情報を集める。当然の考えだな」

前触れもなく敵対国に超戦力が追加されたのだ。対策を練るためにも、詳細な情報を求めて諜報員がサンデリカにやってくるのはある種の必然。

そしてもう一点。魔神格の御膝元で悪巧みなど普通はしないという考えもあった。魔神格の魔法使いは基本的に常識が通用しないために、大抵の裏工作など理外の力によって蹴散らされる可能性が高いからだ。

それが蓋を開けてみたらどうだ。神兵たちは不気味にも何らかの目的を持って蠢いている。碌でもない企《たくら》みが進行しているのは明らかだろう。

「目的が分からないのが本当に痛いな。俺の調査をすっ飛ばしてでも行おうとしている祭りだ。それだけ重要性が高いんだろうが……」

「分からないことをいくら嘆いても仕方ないですわ。後手に回るのはこの際受け入れましょう。その上で対策を立てなくては」

「はぁぁ……。散々な一日だな」

あまりの難事にルトも頭を抱えた。休暇から一転してこの事態なのだから、あまりに現実というのは無情である。

「ランドバルド大佐。専門家の考えをまず訊ねたい」

「はっ。まず重要視すべきは、相手が監視に気づいた時点で、どの段階まで目的が進んでいたかでしょう。それによって行動の意味が変わります」

「というと？」

「もし目的の終盤だった場合。この活発化は目的達成までのなりふり構わぬ駆け足ということになります。中盤だった場合は陽動の可能性が出てきます。序盤の場合は撤退を視野に入れた上で、最低限の成果として大公閣下の情報集めに奔走しているのかもしれません」

「なるほど。ですがどれも確証はありませんよね？」

「はい。ですので一番緊急性の高い想定、即《すなわ》ち相手の作戦行動が終盤に差し掛かっている前提で話を進めます」

神兵たちの狙いは不明である。だが新たな魔神格の情報収集よりも優先して動いていると仮定した場合、それは法国にとって極めて重要性の高いナニカであることは明白だ。

ならば確実に潰さねばならない。だからこそ予断を許さない状況と設定した上で、迅速な対応を心がけなければならない。

「ここで必要となるのは我々が動くための名分。端的に言えば違法行為の証拠でございます」

「強権を発動するにも、私たちにはそれに足る証拠がない。相手は勘違いしている可能性が高いでしょうが……」

「俺が神兵と断定して拘束するってのは、やはり難しいか？」

「難しいでしょう。トリストン商会はあくまで第三国、【ゼオン王国】の組織です。それで神兵の名を出すのは悪手かと」

「逆に抗議が飛んでくるか」

ルトの挙げた名目で動いたとしても、法国がトリストン商会に神兵などいないと宣言し、ゼオン王国が神兵たちを身元確かな国民であると追従すれば全てがご破算だ。

そして法国とゼオン王国、その他の属国からも抗議や追及の声が上がるだろう。

故にこの一手は打つべきではない。

「これが帝国民相手ならどれだけ楽かねぇ……」

そう愚痴りながらルトが思い出すのは姉弟のことであった。

あの二人は帝国民であるが故に、帝国貴族としての権力が及ぶ相手であった。だからペットを相手にするような手軽さで呼び付けることもできたし、罪を犯してなくともルトの胸先三寸で堂々と始末することも可能だった。

だがコレが他国の者となるとそうはいかない。異なる勢力下、それも敵対国の属国となれば、貴族としての強権を発動するには理由が必要となる。

諜報員だろうが処分するには建前が必要となるのだから、政治の世界というのは実に面倒なものである。

「いっそのこと適当な罪状でふん縛るか？」

「微妙なところですね。後々のことはもちろんですが、それ以上に不当な拘束だと抵抗される可能性が高いです。戦術級術士に匹敵する神兵相手に取りたい手段ではないかと」

「それにその手段では、一斉に拘束というのは難しいと思われます。一部は拘束できたとしても、残りの諜報員が民を扇動したりすれば面倒なことこの上ないです」

ルトの提案に対し、ランドバルドは軍人として。リーゼロッテは領主として難色を示した。

「やはり公に動くのは現状では難しいのでは？　相応しい建前を用意するにも時間が掛かります。急を要するのですが、ならば秘密裏に処理してしまった方が無難かと思います」

「暗殺か。容易《たやす》くはあるし、自然死に見せかけることも可能だが……。取りこぼしが怖いところだな。上層部にいるであろう諜報員は不明なのだろう？　神兵ならば神威で判別はつくが、そうでなければお手上げだぞ」

「それに暗殺では商会内部を調べる名分がありません。もし内部に情報が残っていても、我々が調べることができないというのは痛いです」

暗殺は暗殺で最善手とは言い難い。人員を削るのだから効果的な妨害にはなるだろうが、あと一手足らないというのがルトとランドバルドの意見であった。

「暗殺は好ましくないですか……」

「いや悪い手じゃないんだ。リーゼロッテの言った通り無難な一手ではある。容易く実現可能で一定の効果も見込めるんだからな」

「ですがあと一手。商会内部に立ち入れるような建前を用意できれば……」

現状では相手の目的が分からないのは仕方ない。だがルトたちが動いた後も、相手の目的が分からないままというのはよろしくないのだ。

諜報員の排除は重要だが、それと同じぐらい目的を筆頭とした情報の確保は重要なのだから。

「ぬぅ……」

「むむ……」

「ううむ……」

三者三様の思案の声が響く。難しい状況であるが故に、名案らしい名案が中々浮かばない。

やがてルトが声を上げた。

「……駄目だな。しょうもない嫌がらせぐらいしか思いつかん」

どうやっても上手《うま》い考えはまとまらない。これは無理だと匙《さじ》を投げたのである。なので諦めた。そして一つの決断をした。

「暗殺でいこう。情報は諦める」

「……その判断の理由をお聞かせください」

「優先順位の問題だ。情報の確保も重要だが、最重要事項は進行中の企みを阻むこと。この一点で決めた」

「最善よりも確実な妨害を、ということですね？」

「ああ。後手に回ってる以上、高望みは足元を掬《すく》われかねん。ならば碌でもない祭りが開催されるよりはマシだと割り切ろう。防いだという実績は次にも繋《つな》がる」

被害を最小限に抑えることに注力するべきだと、ルトは判断したのである。

その上で余計な企みを阻むことができるという実績を打ち立て、次なる企みに対する抑止力となれば十分であると。

「少なくとも俺はそう考えた。もちろん異論、意見があるのなら聞くぞ」

「いえ。優先順位を踏まえた上で、確実性を取っているのです。ならばこれも一つの正解でしょう」

「私も異論はございませんわ。そもそも暗殺を提案したのは私ですもの。異論などあるはずがございません」

ランドバルドも、リーゼロッテも、ともに賛成であると頷いた。

これによって方針は決定した。暗殺による早期解決。それで一気に片をつける。

「決行はいつにするべきだ？　ランドバルド大佐の方で何かしらの準備はあるか？」

「計画立案、人員の選出、配備などが。どんなに急いでも半日は掛かるかと」

「……この時間から半日となると、ちと時刻が悪いな。なら決行は明日の夜。急を要する状況だが、同時に失敗も許されん。ならば多少の余裕は持つべきだろう」

「はっ。ならば対象の監視は強化しておきます。何かあれば即応できるように」

「ああ。頼む」

着々と形となっていく神兵対策。そこに妥協など存在しない。あるのは一つ。護国の意思のみ。

帝国の敵を排除するために、ルトも、リーゼロッテも、ランドバルドも容赦はしない。

その上で氷の魔神が嗤《わら》う。

「――さて。暗殺という形で決定したわけだが。ここにさっき思いついたしょうもない嫌がらせを加えたいのだが、どう思う？」

狩りの準備が進んでいく。


神兵に対する話し合いが終わり、三名はそれぞれの立場から準備を開始した。

リーゼロッテは領主として。ランドバルドは本件における帝国軍の代表として。

全力で、されど冷静に。自らが率いる陣営に割り当てられた役目を果たさんと動いていた。

それは大公たるルトも同様である。ただ他の二人と違い、ルトの準備は身軽な立場を利用するものであった。


「――邪魔するぞ」

ルトが訪れたのは、公爵邸の一室。姉弟に対して礼儀作法などの教育が行われている部屋である。

「つ、これは大公閣下。如何なされましたでしょうか？」

「その二人に話がある。今日の指導は終わりでいいから、このまま席を外せ」

「……かしこまりました」

内容は簡潔。だがそれだけで十分。急な訪問に驚きの表情を浮かべていた教師役の使用人は、綺《き》麗《れい》に一礼した後に部屋を去っていった。

そして残ったのはルトと、突然の事態に理解が追いつかず固まる姉弟のみ。

「随分と優秀な者に教わっているようだな」

「え、あ、はい！　全力で取り組んでいます！」

「先生にはとても丁寧に教えてもらってます！」

「……順調そうでなによりだよ」

相変わらずな反応の固さに、ルトは軽く肩を竦めてみせる。教育の序盤も序盤なので仕方ないことではあるが、ここから姉弟がどのように成長するのかが想像できなかった。

だがそれは今回の用件には関係のないことである。すぐに思考を切り替え、ルトは姉弟の近くに腰を下ろした。

「さて。それじゃあ本題に入るが……その前に言っておく。楽にしろ。礼儀作法も一旦忘れていいぞ」

「え、それは、よろしいのですか？」

「教育って観点からだと全然よろしくない。だが今から話すのは割と重要なものなんだよ。慣れないことに思考を割いて注意力散漫になる方が困る。お前ら、その辺ちゃんとやれる自信あるか？　苦手な俺を前にしてる状況で、だぞ」

「うっ。ありません……」

「素直で結構。理解したなら傾聴しろ」

神兵に関する内容は極めて重要なものである。なので他のことに気を取られて、聞き逃しなどが発生することはルトとしても避けたかった。

後々でいくらでもリカバリーが利く教育よりも、直近かつ重要な今回の件を優先したのである。

「ナトラ。お前、明日の午後に俺と街に出ろ。海猫亭の主人たちに礼を言いに行くぞ」

「……え？　えっ!?」

「それが、重要な話、なんですか？」

ポカンと二人は間の抜けた表情を浮かべる。重要だと念押しされていたために、ルトの言葉はあまりに予想外な内容であった。

「なんだ不満か？　世話になった礼を言いたいようだと、ハインリヒから聞いてたんだが」

「いえ！　それは願ってもないことなのですが……」

「俺たち、屋敷から出ちゃ駄目なんじゃ……」

つい先日のやりとり、文字通り命が懸かった話し合いを思い出しながら、二人は顔を見合わせた。

姉弟の、特にリックの持つ異世界の知識は最重要機密に分類される。故にその扱いは厳重そのもの。軟禁という形で、様々な自由が制限されている。

それを指示したのは目の前のルト、そしてリーゼロッテだ。そうでありながら手のひらを返すような提案をしてきたのだから、意味が分からないというのが姉弟の本音であった。

「もちろん善意からの提案じゃない。コレはちゃんと目的があってのことだし、ナトラに自由行動をさせるつもりもない」

「目的、ですか……？」

「ああ。詳細は伏せるが、この街で面倒な奴らがせかせか動いてての。今回の外出はそいつらに対する嫌がらせだ。端的に言えば囮《おとり》で、海猫亭はただの名分だ」

そう。これこそルトが先ほどの話し合いで提案した内容。囮捜査という名のしょうもない嫌がらせであった。

「囮!? 大公様、何故それで姉ちゃんが出てくるんですか!?」

「相手が公爵家を調べてるみたいでな。当然、いきなり召し抱えられたお前らもその対象だ。それを利用する」

ランドバルドの話では、法国の諜報員たちは海猫亭にも出入りしていたという。

酒場で働いていた年若い姉弟が、前触れもなく新たな領主に仕えることになったのだ。その話題性は抜群であり、なにより傍から見れば栄転そのもの。

姉弟や海猫亭と関わりのある者の多くが、憚《はばか》ることなく噂を口にしているはずだ。

諜報員がそれをスルーするわけがない。魔神格の婚約者であり、元皇女である領主がわざわざ召し抱えたという姉弟。

その重要度はかなり高く設定されていると予想され、だからこそ囮として機能するのである。

「でも、そんな危ないことを……」

「阿呆《あほう》。危険なんかあるかよ。コイツの隣に誰がいると思ってやがるんだ。この俺がいる状況で、万が一など起こるものか。その確信があるから連れ出すんだ」

ナトラが敵を誘《おび》き寄《よ》せる餌とすれば、ルトは有事の際に敵を仕留める罠《わな》であり、餌であるナトラの護衛である。

魔神格の魔法使い。この世界における絶対強者が直々に護衛するのだ。その安全性はサンデリカ、いや帝国内でも一、二を争うレベルで保証されている。

そうでなければこんな提案はしない。守りきれるという絶対の自信があるからこそ、最重要機密の片割れであるナトラを連れ出すのである。

「……なら代わりに俺が行きます！　大公様の話なら、姉ちゃんじゃなくても問題ないはずです！」

「却下。姉想《おも》いなのは美徳だが、お前は自分の立場をもうちょい理解しろ。ナトラとお前とじゃ重要度が違いすぎるんだよ。しくじるつもりは毛頭ないが、それはそれとして危険は最小限まで抑える。お前は連れ出せん」

異世界の知識を持つのはリックである。言葉を選ばなければ、ナトラはリックの付属品でしかない。本体と付属品、どちらを持ち出すかと問われれば、付属品であるナトラ一択だろう。

問題ないと確信していても、リスクヘッジをしない道理はないのである。

「それにリック、お前の方にも役割はある。そういう意味でも連れ出すのはナシだ」

「……役割ですか？」

「ああ。さっきも言ったように、今回の外出は相手に対する嫌がらせが主目的だ。ぶっちゃけ、やる必要があるかと言われれば、強行するほどのことでもなかったりする」

「じゃあ何でやるんですか!?」

「嫌がらせってそういうもんだろうが。相手が引っかかれば不利になる。引っかからなければそれはそれ。ただ俺たちは表向きの用件を済ませるだけ。ならやらない理由もないだろう？」

この嫌がらせの肝はそれだ。ナトラと使用人に扮《ふん》したルトに、相手が何らかの直接的なアクションを起こした場合は成功。大公に対する罪という形に状況を誘導し、多少強引にでも商会に強行突入するための名目を確保する。

逆に直接的なアクションがなかった場合は失敗。だがそれでも裏に控えている本命には大した影響はないので、特に問題はない。ただ堂々と海猫亭を訪問し、ハインリヒから伝えられた姉弟の心残りを解消するだけだ。

成功すれば儲《もう》けもので、失敗してもノーリスク。だからこそルトは提案し、リーゼロッテとランドバルドは頷いたのである。

「で、ナトラを連れ出すとなると、お前さんが手隙になるわけだ。もちろんその間に教育の方を進めてもいいんだが、二人まとめた方が指導する側としては楽だ。所詮は半日程度の時間だしな。だったら別のことをさせた方が効率的だろう」

学習時間的に大した成果は望めず、それでいて指導を受けていないナトラにも再び同じ内容を教えることになる。

教師役の使用人とて他の仕事もあるのだから、二度手間のようなことは避けた方が無難というのが、ルトの意見であった。

「……それが俺の役割ということですか？」

「ああ。姉を危険に晒さないという、お前の熱意に相応しい内容だ。ぶっちゃけ、こっちの方がキツいと思うぞ。それでいてお前にしかできん内容だ」

「な、何でしょうか……？」

自然と言葉が詰まった。背中に冷たい汗が流れるのを、リックは感じていた。

それだけ不穏だったのだ。ルトの台詞《せりふ》が、なにより浮かべるその笑みが。

「――リック、お前さんに課題を出す。それによって自分たちの有用性を示せ」

そして伝えられたのは、不穏という言葉ですら生温《なまぬる》い命令であった。

「た、大公様？　弟に一体何をさせるつもりですか？」

「お前らがいずれやるべきことだよ。そう身構えるな。ただ俺が提示した条件に沿った発明品を考えろってだけだ」

「へ……？　それだけですか？」

「ああ。現状、お前たちは使用人以下の穀潰《ごくつぶ》しだ。もちろん、これは仕方のないことではある。臣下としての教育こそが最優先だからな。……とはいえ、発明家としての価値も最低限確認しておきたいのも事実」

だからこその課題。都合よく空いた時間を利用し、リックの知識や発想力をある程度見定めておきたいのだ。

「まず念押しするのは、これは正式な仕事ではなく、あくまで課題であるということ。お前たちを本格的に運用するわけじゃない。必要な擦り合わせも済んでないからな」

リックを発明家として運用する場合、最低でもリックが持つ知識の範囲の把握と、禁則事項の成文化が必要となる。

そして姉弟の教育を優先しているため、それらは未だになされていない。そもそもリックの知識すら不明な状態だ。一応、メタルマッチを制作できる程度の科学知識は有しているようだが、分かっているのはそれだけなのだ。

なので本格的な運用はしない。いやできないと言った方が正しいだろう。

「本来踏むべき工程、利益などの数字方面も脇に置いていい。試作品だとかも作る必要はない。ただ伝えた条件に沿った発明品を考え、製法等を書面に起こせ。それがお前の課題だ」

「つまり、レポートみたいなものですか……？」

「それぐらいの認識で構わん。――実際、これはお前に対するテストみたいなもんだ。いや、前の話し合いの追試と言った方が適切か？」

以前までのリックは、何も考えずに文明レベルの異なる世界の知識をばら撒《ま》こうとした愚か者。

こうして公爵家に仕えることになったのはルト、そしてリーゼロッテの温情である。

「リック。お前は自らの愚行を理解したはずだ。その上で臣下として、発明家としての役目を果たせ。分かりやすい成果でもって、使える人材であるということを証明してみせろ」

――以前までとは違うということを示せ。そう言外にルトは告げていた。

「完成した課題はハインリヒ、またはアズールに渡せ。お前関係の品は基本的に機密扱いだから、今挙げた二人以外には見せるなよ。二人に渡す際も、念のため『機密書類』と伝えるように」

「は、はい！」

「んじゃ、今から条件を伝える。メモは……まあ書いても構わんが、同じく機密書類の類いと認識しろ。管理は徹底し、終わったら処分しろ」

「わ、分かりました……！」

「それじゃあ傾聴しろ。まず一つ目の条件だが――」

そして課題の条件が伝えられていく。試験の色が強いとはいえ、初のリックの運用。故に、その話し合いはしばらくの時を要したのだった。


「――それでは行ってくる」

各陣営が準備を済ませ、迎えた翌日。日が沈み始める宵の口。

帝国軍が水面下で諜報員狩りの部隊を展開する中、ルトも自らが挙げた計画のために動き出していた。

「閣下。無駄な心配とは思いますが、お気をつけて」

「余計な言葉を付けるな。そこは素直に案じるところだぞ、ハインリヒ」

「いや失敬。どうしても閣下の身に何か起きるとは思えませんで。心配ごとがあるとすれば、閣下がナトラ殿を泣かしたりしないかということでしょうか」

「俺がそんなことをする性格だとでも？」

「必要ならば平然と行うではありませんか。普段は普段でガラも悪いですしな」

「……まあ否定はせん」

付き合いの長い忠臣の分析に、ルトは渋い表情を浮かべながらも頷いた。正論というものは、下手に反論できないから正論なのである。

そんなルトのリアクションに肩を竦めながら、ハインリヒはナトラの方に向き直った。

「ナトラ殿。以前にも念押ししましたが、閣下の無茶《むちゃ》振りに対してはしっかり声を上げるのですぞ。必要だと判断してる場合は聞く耳持ちませんが、それはそれとして口答えなどで処断するような御方ではありません。閣下限定かつ、公爵家の名に傷を付けない範囲でなら遠慮はいりませんよ」

「え、あ、はい……」

「……苦手意識がある割にはやけに口煩いと思ってたら、お前の入れ知恵かクソジジイ」

「ええ。ことあるごとに吹き込ませていただきましたとも。優しくしろと命じられておりますので。それを抜きにしても、か弱い姉弟が閣下に振り回されるのは忍びないですしな。何か問題がありましたか？」

「打ち解けてるようで何よりだよ……」

真横で小さくなっているナトラに対して、幼子を眺めるような視線を向けるハインリヒ。

公私混同することはまずないだろうが、それはそれとして同情を切っ掛けに、私の部分では順調に絆《ほだ》されているらしい。

「はぁ……。子供好きの年寄りにこれ以上絡まれたら長くなる。ほれ行くぞナトラ」

「は、はい大公様！」

「ナトラ殿、気をつけるのですぞー！」

いろいろと面倒そうな気配を察知し、ルトはナトラを引っ張り移動を開始した。

ハインリヒの視線、主にナトラに向ける好々爺《こうこうや》のそれが若干鬱陶しかったのである。こう、幼子に対する注意事項が延々と吐き出されそうで。

「つたく、あのジジイは。相変わらずの絆されやすさだよ。無能な王子に入れ込むだけある」

「えっ、と。ハインリヒ様にはとても親切にしていただいています」

「見りゃ分かるわ。アイツは他人に甘いんだよ。それも俺らぐらいの年代から下には相当だ。まあ、いろいろあったんだとさ」

軍の高官から左遷されたりと、ハインリヒの生涯は中々に壮絶だったりするのだ。

ルトの知る限りでも、妻と子に先立たれていたり、親戚とも左遷を機に疎遠となっていたり。

そうした諸々《もろもろ》から人情に篤《あつ》く、特に子供や孫の年代の者にはダダ甘なのである。

「で、お前はあのジジイに何て言われた？　主に俺関係で」

「え、いや、その……」

質問の返答は、やけに歯切れの悪いものであった。内容がよろしくない、などではないだろう。悪意ある陰口の類いを叩くには、あの側近は忠誠心がありすぎる。

ならば予想されるのは一つだ。

「別にジジイが何を言ってようが怒りはしねぇよ。お前はもちろん、ハインリヒもな。ああやって目の前でどうこう言った時点で、追及されるのは予想の内だ。だから話せ」

「……貴種にあるまじきチンピラ具合ですが、それに反して物凄《ものすご》く温厚な御方だと。自分たちの態度が許されてるのですから、私たちもそれぐらいのユルさで問題ないと」

「それでお前は真に受けたのか。別に構いやしないが、随分と素直だなオイ」

「い、いえ！　最初はもちろん無理だと言ったのですが。そしたらその……」

ナトラいわく、何度もハインリヒに念押しされたらしい。

言動で勘違いされがちだが、ルトはとても寛大な人柄をしていると。正確に言えば、その強さ故に本質的な部分が鷹揚《おうよう》なのだと。巨大な熊が羽虫のことをいちいち気にしないように、よほどの無礼でなければ罰することはない。

反射的に悪態は飛んでくるかもしれないが、その辺りは性格からくる条件反射のようなものなので、まったく気にする必要はないと。

そもそも発明家は考える仕事なので、唯唯諾諾と従っているのはよろしくなく、疑問を始めとした意見などはしっかりと訊ねる方が、ルトやリーゼロッテからすれば好ましいはずだと。

「なので会話ができている状況なら、『何故』ぐらいは訊ねても損はしないだろうと。あと、本当に怒っている時は、口よりも先に魔法が飛んでくる。だからそうじゃないのなら気にするなって。口調が荒っぽいのと不機嫌そうなのは、素の性格と私の教育不足があるので、申し訳ないが慣れてくれとも」

「あ、あんにゃろう……」

予想以上にボロクソに言われていたことが判明し、流石のルトも頬《ほお》を引《ひ》き攣《つ》らせた。

前半はまだよかった。一部怪しい箇所もあったが、全体的なフォロー、アドバイスとしても順当な内容であったし、ルトも同意見な部分も確かに存在している。

だが後半はシンプルな暴言である。ルトを貶《おとし》めるための言葉ではないだろうが、もう少し言い方はなかったのかと思わずにはいられない。

宣言した通り怒るほどのことではないが、それはそれとして味方に背中を蹴飛ばされたような気分であった。

「……い、いや、うむ。言いたいことはなくはないが、ひとまず分かった。ハインリヒの入れ知恵と、お前らの中の反抗心が湧き出た結果ってことだろ？」

「反抗心なんてそんな……！」

「別に怒るつもりはないっての。好まれてるなんてそもそも思ってねぇ。むしろ嫌わない方がどうかしてる」

騙《だま》し討《う》ちで殺そうとした挙句、その後もちょくちょく振り回したりしているのだ。

内容の妥当性に拘《こだわ》らず、反感の感情を抱いていても不思議ではない。そこにルトの側近であるハインリヒからの入れ知恵が加われば、無意識のうちに態度に出てくるのも、ある意味で必然だろう。

「それにハインリヒの言葉も正しいな。臣下の態度をいちいち気にするかっての。そっちの方がみみっちいだろうよ」

極論を言ってしまえば、職務に支障がなければどうでもいいのだ。

ルトの部下たちがいい例だろう。ルトに対してふざけた台詞を吐く者もいるし、ルトの朝食を狙う不届き者だっている。

普通に考えれば厳罰ものの所業であるが、兵士としての職務には忠実であり、対外的な対応もそつなくこなす者たちであるが故に、ルトは彼らの態度に目を瞑《つぶ》っている。

「だからあのジジイの言う通り、俺への態度は好きにしろ。実害のない範囲でなら見逃すさ。……だがこれだけは肝に銘じろよ。あくまで俺だけが特例であり、許す範囲も身内の場だけだ。そこは履き違えることだけはするなよ」

「は、はい！　それはハインリヒ様からも念押しされております！　勉強は疎かにせず、公爵家の名に恥じぬ立ち振る舞いは絶対に身につけろと。……そうすれば大公様を大手を振って揶揄《からか》えるとも」

「あのジジイ……!!」

妙なコミュニケーションの方法を吹き込むなと、後で絶対に文句を言おうとルトは決意した。冗談ではあるのだろうし、本気で主の名誉が損なわれるようなことになれば、烈火の如く怒り狂うのだろうが……。

それはそれとしてこの野郎と思ってしまうのが人情である。

「……まあ良いさ。ただ度を越さないように注意しろよ。一線越えても俺は何もせんぞ」

「は、はい！」

「じゃあこの話は終わりだ」

最後に警告だけして、ルトは雑談を終えた。

「さて。そろそろ公爵邸の敷地から出る。人通りも増えてくるから、伝えておいた通り呼び名を変える。今から俺はお前の護衛にして、公爵家の従僕のタイトだ。間違えるなよ？」

「は、はい！　タイト様！」

「頼むぞ本当に。誤魔化《ごまか》しの利く名前にしたとはいえ、間違いはない方がいいんだからな」

「き、気をつけます！」

やけに力の入った返事が返ってきたが、そこはもう仕方ないことだろう。

囮など初の経験だろうし、そもそもナトラに演技ができるとも思っていない。

その辺を考慮した設定、言いわけは考えているので、そこに関しては不安などない。

「むしろ、か……」

それ以上に不安なのはルトの方だ。なにせ相手にルトの姿を知られている可能性があるのだから。

一応、この街で公の場に出たのは、サンデリカ到着初日のみ。その際には魔神の姿で登場したし、
顔出しも短時間ではあった。

現在は街をぶらつく際の通常モード。髪も瞳の色も異なるし、大公という立場にいる者が頻繁に
街をぶらつくわけがないという、常識の守りもある。

だが相手は諜報員。それもルトの同類である使徒の祝福を受けた者だ。

魔神格が気分で身体的特徴を変化させられることを、相手が承知している可能性は高い。

バレたところで後ろに控える本命には大した影響はなく、逆に丁度いい威圧になるとはいえだ。

上手くいってほしいというのが、嫌がらせを立案した者としての本音である。

「……えっと、タイト様。このまま海猫亭に向かえば良いのでしょうか？」

「いや、礼を伝えに行くんだろ？　なら手土産《てみやげ》は必須だろうよ。ある商会に向かうぞ。指示は出すから先導する体《てい》を取れ」

「は、はい」


トリストン商会。他国に本拠を置く貿易商であり、主に調度品や民芸品を扱っている。サンデリカでは中堅クラスに位置する商会。

「――この先だ。そこに立ってる商会で適当に手土産を調達しろ」

「……念のため確認しますけど、その商会を選んだ理由ってありますか？」

「なければ指定なんかするかよ。詳細を説明することはないが、とりあえず重要施設とでも思っておけ」

なにせその商会は法国の諜報員が潜むための隠れ蓑《かくれみの》。言ってしまえば獲物の巣。

そこに身分を隠した上で堂々と乗り込み、客としての立場で直接商会内を見定める。ついでに獲物である諜報員たちをわざと刺激しようとしているのだ。

「ただ気にするな。お前がやることなんて特にない。会話は最低限に留《とど》めて、今から渡す金額分で自由に買い物するだけだ。それでも不安か？」

「うぅ、当然じゃないですか……。だってこうして動いてるってことは、結構な重大案件ですよね？

私そういうのやったことないんですよ？」

つい先日まで魔術が達者な一般人でしかなかった身としては、重要な役目、それも演技が必要になりそうな役目を振られても困るというのが、ナトラの正直な感想であった。

嫌だとかそういう感情以前の問題で、端的に言うと怪しまれない自信がないのである。

「心配するな。お前は普通にしてればそれでいい。こっちでそれっぽい空気を出しておく」

「この状況で普通にしろって言われる方が、いろいろと苦しくなるんですが……！」

「だろうな」

不安と緊張で若干挙動不審になってきたナトラの訴えに、ルトは平坦《へいたん》なトーンで言葉を返した。

緊急事態で焦るなと言われれば、大抵の人間は逆に焦るものである。普通にしていろと言われた場合も同様だ。

だからこの反応は予想通りであり、むしろこうなることを狙っていた。

なのでルトは落ち着けとナトラを宥《なだ》めることもなく、その慌てようを叱責することもしない。

「ナトラ。もうすぐ到着だが、これだけは気をつけろ。俺は不機嫌そうな表情をずっと浮かべているが、機嫌伺いのようなことはするなよ？　お前からは話しかけるな。俺が話しかけた時だけ返事をしろ」

あえて緊張はさせたまま、注意事項だけを伝えていった。

「は、はい。了解しました」

「そうだ。それでいい。言葉も最低限だ。『はい』や『いいえ』、あとは『すみません』とかにしろ」

「わ、分かりました」

「よし。じゃあ買い物と洒落《しゃれ》こむぞ」

必要な指示出しを済ませ、ついにルトとナトラは件の商会が存在する通りに足を踏み入れる。

それと同時にルトの雰囲気が変わった。元から捻《ひね》くれ者《もの》特有のガラの悪さが滲《にじ》み出ていたが、今のルトは不機嫌さと刺々《とげとげ》しさが加わっていた。

「っ……」

釣られてナトラの動きも固くなったのはご愛嬌か。先日の脅しに酷似した雰囲気をルトがまとったことで、なんとか誤魔化していた苦手意識が首をもたげてきたのだろう。

常識的に考えれば、ナトラのこの反応は失態である。なにせ明らかに怪しい。やましい何かがあるのかと勘繰られるような挙動だ。

だがルトにとっては好都合であった。ナトラの動きが固くなればなるほどいい。さらにそこに怯《おび》えが加われば最高だった。

なにせ用意したカバーストーリーは、そちらの方がより信憑性《しんぴょうせい》を増すのだから。

「──いらっしゃいませ。本日はどのような品をお求めでしょうか？」

店内に入ると、従業員の一人が声を掛けてきた。中堅に位置する、それも調度品などの単価の高い品を扱うだけあって、接客の質は悪くないようだ。

ただ気になったのは、声を掛ける直前にルトの腰に吊《つ》るされている剣、ガスコイン公爵家の家紋の入った私兵用の装備に一瞬だけ視線を向けたことだろうか。

それが諜報員としての癖なのか、それとも商人として客の諸々を見定めようとしただけなのかは不明ではあるが……。

ひとまず目敏《めざと》い者が一定数はいそうだと考えながら、ナトラの背中を軽く押す。

「ひ、ひゃい！」

「この者が恩人に手土産を贈りたいそうでな。酒場を経営している夫婦だそうだ。何かよさそうな物を見繕ってやってくれ」

「かしこまりました。それではお客様、ご希望の品などはございますでしょうか？　お悩みでしたら、お相手のことを教えていただければ私が候補を挙げることも可能です」

「え、えっと……」

「おい。あまり時間は掛けるなよ。さっさと済ませろ」

「りょ、了解しました！」

威圧的な言い方でナトラにプレッシャーを与えていく。

こうすればナトラの挙動不審な態度が、ルトに対する緊張や恐怖が理由だと錯覚させることができる。

完全に誤魔化せるとは思っていないが、素人に下手に演技をさせるより、それっぽい理由を付けた方が遥かにマシな結果になるであろうという判断である。

ただ幸いなのは、ナトラが本気でルトに苦手意識を持っていることだろう。声音などに滲む怯えの色によって、役目に対する緊張などが塗り潰されているようだ。

ナトラには気の毒だとは思うが、店内ではこのままトラウマに苛《さいな》まれていてほしいところであった。

「――飲食店を経営しているご夫婦ということでしたら、この辺の品などはいかがでしょうか？　あとは贈答品の定番ですが酒類ですね。当商会では調度品を主に扱っていますが、貿易で手に入れた珍しい地酒も少数ですが取り扱っております」

「え、えっと……。ちょっと考えさせてください！」

「もちろんでございます。何かございましたらまたお声掛けください」

そうして従業員がナトラから離れ、後ろで控えていたルトの方に移動してくる。

「お連れ様の方は、何かお求めの品はございますでしょうか？」

「悪いが仕事中だ」

「おやそうでしたか。私的な買い物のようですし、てっきりお二人でお出掛け中なのかと」

「面白い冗談だ。そこまでの仲に見えるのか？」

心外だとルトは従業員に返す。できる限り不機嫌そうに、ナトラに怯えられるのも当然だと思われるように。

何も知らない者からすれば、それは紛れもない本音に聞こえることだろう。

なにせルトの演技力は筋金入りだ。祖国では常に無能を演じ、一度は帝国すらも欺いたその手腕は、並の者では見破ることは難しい。

「人前だとつい冷たい態度を取ってしまう。そのような方もいらっしゃるので」

「餓鬼の所業だろそれ。若いのは否定しないが、そこまで幼いつもりはないが？」

「左様でございますか」

会話が途切れる。あまりルトに会話を続けるつもりがないと察したのだろう。

「——決めました！　あ、あの、これください！」

それと同時に、ナトラの声が店内に響いた。

ナイスタイミングだと、内心でルトは笑う。今の声に釣られて従業員が離れていった。

演技力には自信があれど、諜報員の可能性がある人物との会話というのはやはり面倒だ。

最低限に済ませられるならそれに越したことはない。何故ならルトの目的は調査ではないのだから。

「終わったのなら行くぞ」

「は、はい！　あ、店員さんもありがとうございました」

「いえいえ。また当商会にお越しくださいませ。お連れ様も是非」

「機会があればな」

そうしてルトとナトラは商会を後にした。

少し進んだところで、ルトはチラリと背後に視線をやるが……。

「……特に動きはなし。まあ当然か」

このタイミングで即座に動きだすなど、プロの諜報員がするわけもないのだ。

どちらにせよ種は蒔《ま》いた。公爵家の家紋付きの剣を吊るした護衛に、酒場を経営する夫婦が恩人という少女。

これだけの情報があれば、ナトラがどういう人物なのか一目瞭然。

あとは商会に潜む諜報員たちの出方次第だ。

「このまま聞けナトラ。監視の可能性を考慮し、外出中は商会での態度を継続する。良いな？」

「は、はい！」

「では海猫亭に向かうぞ」

――凶悪すぎる囮を使った罠猟が始まった。


「――本当にありがとうございました！」

海猫亭の店内。厨房《ちゅうぼう》の入り口にて、ナトラが何度も頭を下げていた。

相手は海猫亭の店主と女将《おかみ》。ピークとなる少し前に到着し、そのまま現在まで話し続けている。

その間、ルトは店の出入り口付近で待機していた。理由の半分はナトラに対する気遣い、もう半分は『ナトラを毛嫌いするタイト』という設定に合わせてのことである。

「……」

到着時から一貫して不機嫌そうな表情を浮かべ、面倒だという雰囲気を放ちながら壁に寄りかかる姿。そして申し訳程度に腰の剣に置かれた腕。傍から見れば渋々役目をこなすやる気のない護衛だ。

事実、来店してきた、またはすでに席に着いている客からは『何だアイツ』という懐疑の視線を。そして店主と女将からは、迷惑そうな視線をちょくちょく向けられている。

「はぁ……」

だが向けられる視線の数々は、ルトの擬態が効果を発しているという証明。

これみよがしなため息を吐きながらも、誰にもバレないように周囲の把握を行う。

さりげなく確保したこの場は、店内と店外を同時に視認することが可能な好位置だ。

客はもとより、外を歩く通行人の様子も確認することができる。

「うおっ!? おいアンタ、変なところに突っ立ってんじゃ……い、いや、何でもないっス」

たまに来店してきた客に声を掛けられることもあるが、その時は不機嫌そうに睨みつけると同時に、分かりやすく腰の剣を揺らすことで話を終わらせていた。

そうして腫物を演じながらも、人知れず不審な動きをしている者を探り続け。

「おい！　そろそろ時間だ。公爵邸に戻るぞ」

苛立《いらだ》ち混じりの呼び声。わずかに肩を跳ねさせたナトラを尻目に、再びわざとらしいため息。

礼と別れの場面に水を差すこと、そして店の空気を悪くする言動には多少思うところはあるものの……。

残念なことにそれはそれ。領地、ひいては国益を天秤《てんびん》に載せた場合、比べるべくもない故にルトは躊躇《ちゅうちょ》しない。

「は、はい！　それじゃあお二人とも、これまでお世話になりました！」

「おう！　頑張って出世するんだぞ！　そんでうちに来て盛大に飲んでくれ。たくさんオマケしてやるからよ！」

「辛《つら》いことがあったら戻ってきてもいいの。だから無理だけはしないようにね。リックと一緒に仲良く、健康に気をつけるんだよ」

「はい！」

最後に別れの抱擁を済ませ、ナトラがルトのもとに戻ってくる。

目尻に薄《うっす》らと浮かぶ涙。普段ならば空気を読み無言か、気遣いの言葉でもかけるのだが。

「長い。手短に済ませろと言っただろう」

「す、すみません……」

後々のことを考え、この場では叱責を選択。向けられる視線がより鋭いものとなったが、狙い通りであるために気にしない。

「行くぞ」

「は、はい」

ナトラを引き連れ海猫亭を後にする。……店内の一角、ほのかな白のオーラをまとう二人組の客を横目に捉えながら。

「店内に二、外を通ったのが二、うち一人は時間を置いて折り返し……」

「え？」

「こっちの話だ。指示を出すまで黙って歩け」

「あ、はい……」

記憶を言葉に。隣を歩くナトラにすら聞き取れないような小声でもって、海猫亭で得た情報を精査していく。

先に相手の巣に足を踏み入れたこともあり、囮の効果は上々であった。

ナトラという分かりやすい付属品もいたために、海猫亭に先回りしていた者たちが二人。わずかな神威をまとっていたために、神兵であることは確定。

同じ根拠から、通行人のフリをしていた神兵が二人いたことも確定。

外見を変化させることなく、無条件に只人を人類最強クラスまで強化する使徒の祝福は極めて恐ろしいが、神威を知覚できる魔神格ならば判別は容易となる。

「……むしろ問題は他の奴らか」

逆に一般の諜報員の方が、ルトにとっては鬼門であった。

神威という目印があったからこそ、神兵かどうかの判別はできたのだ。目印がない状態では、文字通りの意味で素人とプロの差がある。

人生のほとんどで不躾《ぶしつけ》な視線を向けられてきた経験から、並の者よりは視線などに敏感な自負はあるとはいえだ。

日常に潜むことを生業《なりわい》としている者たち相手に、その感覚が何処まで通用するかは不明。

「推定、店内に一。通行人に二」

一応、店内と店外に疑わしき者は数名いた。現在進行形で観察されている気配もある。だが確証はない。

「……ふむ」

「つ、きゃあ!?」

誰にも気づかれることない刹那の時間で、ナトラに対して魔法を行使。片足の空間を凍結させ、一瞬だけ座標を固定し転倒させる。

「……何やってんだお前」

「し、失礼しました。な、なんか脚がもつれて……」

「チッ。鈍臭い奴め」

振り向くと同時にナトラを睨み、悪態を吐く。わざと転ばせたなどとは微塵も思わせない、堂々とした態度である。

もちろん嫌がらせではない。目的はちゃんと存在する。転倒に反応することで、怪しまれることなく後方確認を実行したのだ。

――状況整理。神兵一名の尾行を確認。また、先ほど海猫亭でチェックした諜報員と思わしき人物も発見。限りなく黒に近いグレーと判断。

「さっさと立て」

「は、はい……」

ルトは思考する。この後に打つべき一手を。

主に諜報員関係で不確定な部分はあれど、囮としての成果は中々である。虎の子に分類されるであろう神兵を、何人も動員していることからそれは明らかだ。

となれば、ここで大胆な勝負に出るべきか。食いつきが確認できている以上、釣り上げに掛かるのは絶対。

そしてより大きな釣果を確定させるためには、さらに深く食いつかせるべきであり。

「――やるか」

元よりこれは嫌がらせ。ローリスク・ハイリターンな賭けのようなものだ。ならば大博打《おおばくち》を打つのも一興。

事前に想定していたプランの内の一つを選択し、実行に移すことにする。

「っ、まっ、きゃっ!?」

「っと。お前、鈍臭いのも大概に……！」

手始めにナトラの足を再び魔法でもつれさせ、それを抱き寄せる形で受け止める。

二度目となればある程度の作為性を感じるが、転倒しそうになった当人が本気で戸惑っているので、それで多少はカバーできるだろう。

あとは怒りの表情にプラスして、敵意を混ぜた表情を浮かべれば目的の状況が完成する。

「……タ、タイト、様？」

「……」

不穏な空気を察知したのか、ナトラの表情にこれまでとは違った種類の怯えが宿る。

ここから先は大博打。当たればデカいが、外れた場合は得るものはない。むしろ相手側を警戒させることだろう。

だが諸々の利益を天秤にかければ、躊躇する道理などありはしない。なにせ暗殺は今夜にも決行されるのだ。もとよりリターンは最低限に設定しているのだから、相手側を警戒させるかもと、大して恐れる必要もない。

「……つけられている。移動するぞ」

「へっ……!?」

抱き寄せたまま、ルトがナトラの耳元で呟《つぶや》く。

引き攣った悲鳴と跳ねる肩。荒事の気配が足元まで迫っていると理解したことで、ナトラの心に恐怖が湧き上がってきたのだ。

実に好都合。ナトラが恐怖心を抱くほどに、状況の迫真さは増していく。素人に演技は期待できないが、状況にハマった時のリアリティはプロの役者すらも凌駕《りょうが》する。

「来い。走るぞ!」

「え、ちょっ……!?」

怯えるナトラを無理矢理引っ張り、近くの路地に突入。そのまま手を引く形で路地を駆ける。

「あ、あの! なんでわざわざ路地の方に!?」

「人通りが多いと邪魔だ!」

「で、でも……!!」

「素人は黙っていろ！　返り討ちにして手柄を挙げるんだよ！」

あえてナトラに対して叫ぶ。台詞はできる限り俗っぽく、それでいて自信に溢《あふ》れているもの。

これまでのルトの振る舞いが、その言動を装飾する。護衛対象を邪険に扱い、護衛という立場に不満を隠そうとしないその姿。

そこから導き出される人物像。それは護衛よりも相応しい役職があると信じ、手柄を挙げることを望んでいる野心家。自らを優秀だと思い込んでいる未熟者である。

——あまりにも愚か。だからこそ与《くみ》しやすいと、なにも知らぬ者は考える。ルトの正体を見抜けぬ者にとっては、さぞかし上質な餌に思えることだろう。

「急げ！　ちんたら走るな！」

だがルトは妥協しない。より喰《く》らいつきやすいように、さらなる仕込みを重ねていく。

「早くしろ！」

「きゃっ!?」

さも急いでいるかのように、ルトがナトラの手を引っ張る。それと同時に再び魔法を発動。足を一瞬だけ固定し、それはもう派手に転倒させる。

「つ、痛っ……!?」

「ばっ、か野郎！　さっさと立て！」

焦った声音を意識しろ。転倒の痛みに呻《うめ》くナトラを気遣うな。即座に近づき、無理矢理手を取り立ち上がらせろ。ここにいるのは最強無敵の魔神格ではなく、勘違いした三下《さんした》であることを強調しろ。

「……」

――その瞬間、小さくトンッという音が聞こえた。転んだナトラを起こすために生まれた隙。そのほんのわずかな隙を突き、ガラ空きとなったルトの背後に降り立つ者がいた。

「っ、何者だ!?」

誰何《すいか》と同時に振り向く。そこにはナイフを手にした男。滑らかな身のこなしで接近し、その凶刃をルトの首目掛けて突き立てようとしていた。

狙いは恐らく延髄。一撃でもって即死させ、最小限の時間でことを済ませるつもりだろう。

「っ……!?」

――だが甘い。ナイフはルトの皮膚を貫くことなく弾かれた。周囲に響く硬質な音が、今の一瞬で何が起きたかを物語る。

「手練の術士か……!」

襲撃者が思わずといった様子で零す。恐らくこの生身の防御力から、強化の魔術を連想したのであろう。極まった強化の魔術の使い手は、肉体の強度を鋼鉄のそれに変貌させるからだ。

轟龍と畏れられるクラウスがその筆頭。かつての戦場で、彼が生身でルトの剣を弾いたことは記憶に新しい。

しかし実際は違う。ルトの肉体は凍結の力によって、概念的に状態を固定されているのだ。ある種の無敵状態であり、その堅牢《けんろう》さは只人の扱う魔術とは比べものにならない。

城壁をも粉砕するであろうアクシアの蹴りにすら、決して揺るがなかったルトの『不変』の肉体。たかがナイフで傷つけることなどまず不可能なのである。

「チッ！」

舌打ちと同時に襲撃者が一歩下がる。その瞳に浮かぶのは逡巡《しゅんじゅん》。護衛が予想以上の強敵だと判明したために、撤退を検討しているのだろう。

「あわよくばと考えていたが、まさか本当に襲ってくるなんてな！　公爵家の私兵を襲撃した罪、決して軽くはねぇぞ！」

だがそこでルトがすかさず言葉を被《かぶ》せた。この襲撃を報告されたらという考えは、襲撃者の足を鈍らせるには十分すぎる。

報告されることによって上昇する警戒レベル。それによって滞るであろう計画。それらを脳内で計算し――

「ふんっ！」

「……ふっ」

振るわれた鈍色《にびいろ》の閃《ひらめ》きによって、襲撃の続行が決定される。

「なるほどな……」

呟きとともにルトの剣が弾かれる。獲物の差など関係ないとばかりに、小さな刃が直剣を見事に逸らした。

明確なまでの練度の違い。ルトの剣技は明らかに並。いかに強化の魔術に秀でていようとも、これならば対処は難しくないと判断したのだろう。

「……」

「ふぅぅぅ……！」

襲撃者とルトが睨み合う。人通りが全くない路地裏で、ナイフと剣が互いの命を奪わんとぶつかり合う。

「意外とちゃんと立ち合うじゃねぇか……！」

「……」

襲撃者は答えない。代わりに振るわれるナイフの鋭さが増した。

それは破壊工作をも実行する、諜報員として鍛え上げられたという自負か。それとも魔術ばかりにかまけ、剣技を磨くことを怠った頭でっかちには負けられぬという意地か。

——否だ。襲撃者が自分一人ではないという事実が、ルトの背後を駆ける神兵の存在こそが真の理由。本命の奇襲を成功させるための陽動。

「つ、新手か……!?」

剣戟《けんげき》に混ざる足音。だが気づいた時にはもう遅い。咄嗟《とっさ》に背後に視線を向けたルトが目にしたのは、尋常ではない速度で迫り来る凶刃。

それは始まりの襲撃者よりも遥かに素早く、明らかに桁外れな破壊の力が宿っているであろう一撃。

「終わりだ」

誰もが獲《と》ったと確信した。陽動の襲撃者も、本命の神兵も。呆然《ぼうぜん》と成り行きを見守ることしかできなかったナトラも。誰もが揃って、ルトが死ぬ瞬間を幻視した。

「――ああ。頃合いだな」

――それが魔神の仕掛けた罠であると、誰もがついぞ気づくことはできなかった。襲撃者たちが最後に見たのは、淡く輝く青色だった。

「……へ？」

殺し合いが行われていた路地裏で、ナトラの間抜け声が響いた。

「ふぅ。間抜けしかいなくて助かったぞ」

その理由は単純明快。殺されたと思った人物が何事もなく生きており、無事であるはずの二名が物言わぬ氷像となって地面を転がっていたからだ。

「……なに、今の……」

一人だけ蚊帳《かや》の外に、いや後回しにされていたからこそ、ナトラは全てを目撃していた。

背後から現れた男の閃光《せんこう》の如き踏み込みも。白銀に輝く凶刃の煌《きら》めきも。その全てが意味を成すよりも速く、魔神の氷に閉じ込められたのである。

あまりにもあっさりと。剣戟など余興にすぎぬとばかりの呆気《あっけ》ない結末。まるで相手になどなっていなかった。ただ襲撃者たちが凍りついただけで終わった。

この時、初めてナトラは真に理解した。魔神格の魔法使いが、何故ここまで畏怖されているのかを。国を滅ぼす超戦力という伝聞だけでなく、直接その御業《みわざ》を目にしたことで悟った。

彼らが神と喩《たと》えられる意味を。絶対強者と畏れられるデタラメさを知ったのだ。

「ほれナトラ。立てるか？」

「つ、はい！」

ルトから差し出された手を前に、慌ててナトラがそれを取って立ち上がる。派手に転倒したせいで足が痛むが、それすら意識の脇に放り投げた。

その碧《あお》の瞳に見つめられただけで、応えなければという感情が湧き上がるのだ。足の痛みも関係ない。膝を伝う生ぬるい感覚もどうでもいい。怪我《けが》など気にしている余裕がなかった。

「身体に何か異常はあるか？」

「いえ、特にありません！　少し足を擦りむいたぐらいです！」

「そうか」

大いなる力を目の当たりにした時、人は冷静ではいられなくなる。自然を畏れ崇《あが》めた古代の人々のような、小さな信仰の萌芽《ほうが》がナトラの中で訪れていた。

敵意を向けられた時の絶望を知るからこそ。そして味方についた際の頼もしさを理解したからこそ、ルトに対する認識が変わったのだ。

――変に恐れてはならない。敵と思ってはならない。その庇護《ひご》を受けるのならば、正しく下に付かねばならないと。

「ふむ……。襲撃を受けた上で、諜報員二名を殺さずに凍結させ確保。結果は上々だな。想定通り被害らしい被害もなく、それでいて賭けには勝ったときたもんだ。思惑通りにことが進むのは、やはり気分がいい」

凍りついた二人の襲撃者を眺めながら、ルトが満足そうに笑う。極めて上機嫌なその姿は、至高の領域に立つ超越者とは思えぬ人間臭いもの。

だからナトラは考えた。歩み寄るなら今であると。普段の近寄り難い雰囲気がナリを潜めた今ならば、そして理外の力を前にして浮かされている今ならば、恐れを抱かず最初の一歩を踏み出せると。

「あの、訊いてもよろしいでしょうか？　たいこ、タイト様は何が狙いだったのですか……？」

「ん？　……ああ。いろいろと付き合わせた礼だ。ざっくりだが説明してやる。あと、もう大公で構わんぞ」

予想外だったのか、ルトはナトラの質問に面食らった様子を見せる。だがそれも一瞬で、すぐに肩を竦めながら語りはじめる。

「狙いについてだが、この状況に運べたらいいなと思ってたぐらいだ。分かりやすい餌であるお前とともに街を歩いて、相手を挑発。で、こいつらが動きやすいよう、こうして人気《ひとけ》のない場所まで移動した」

「……そこはさっきまでのやりとりで理解しているのですけど、なんでこの人たちは罠だと疑わなかったんですか？　こっそり追跡されてる人間が、こんな人気のない場所まで移動するって……」

「ま、普通はありえんわな」

ナトラの疑問は当たり前のものである。状況を考えれば、素人でも怪しむであろうほどにあからさまなもの。

確かにナトラは重要人物だ。公爵という大貴族が、慣例すら無視して召し抱えるほどの優秀な姉弟の片割れ。公爵家とは縁もゆかりもない平民の身でありながら、手元に置きたいと思わせる才能の持ち主。

そんな才媛が、護衛一人という手薄な状態で街をうろつき、あまつさえ人気のない場所まで移動するとなれば、誰であろうと作為的なナニカを感じるはず。その道のプロである諜報員ならば、なおさら違和感を覚えることだろう。

それでも襲撃が実行されたのは、当然ながら理由がある。彼らの中での道理があった。

「簡単に言えば、コイツらは強いんだよ。戦術級の術士、英雄と呼ばれる強者が、最低でも一人は控えていたんだ。だから襲った。罠ごとぶち抜けると考えたんだろうよ」

神兵は戦術級術士に匹敵する。戦術級の術士とは、たった一人で戦場の趨勢《すうせい》を左右する強者。魔神格という世界のバグを除けば、まさしく人類最強と称《たた》えられる英雄たち。

その力は強大だ。あらゆる困難を打ち破り、味方を勝利に導くだろう。数多《あまた》の兵を薙《な》ぎ倒《たお》し、道を切り拓《ひら》くことだろう。

その自負があるからこそ、この神兵たちは動いたのだ。あらゆる罠を粉砕し、襲撃を成し遂げられると考えていた。

「それは間違ってはいない。戦術級術士に匹敵する力があるのなら、俺だってそうするさ。特に荒事関係では、腕っぷしの強さこそが最後にものを言うからな」

下手に策を巡らせるよりも、力に身を任せた方がよい結果になる場合がたびたび存在する。特に殺し合いの場においては、それは顕著になってくる。

今回のような戦闘、それも暗殺を仕掛ける側の立場であれば、いかに素早く損害なく標的を仕留めるかが重要となる。戦力差に大きな開きがあるという認識が前提にある場合、神兵たちが動いたことも不思議ではないのだ。

むしろ神兵という英雄級の戦力を抱えておきながら、二重の策を取っていることを考えると、周到という評価にすらなるだろう。

「その辺をふまえてヤマを張ったんだ。こうしておあつらえ向きの状況まで誘導しちまえば、結構な確率で乗ってくるんじゃねぇかなってな。強さに自負がある奴ほど、最終的にはそれに頼る。罠だろうが構わず真っ向から粉砕しようとしてくる」

「……でも、それって大公様だってこの人たちに気づかれてた場合、成功しませんよね」

「そうだな。より強い俺が控えていれば、襲撃をかますなんてただの馬鹿だ」

神兵は英雄と呼ばれるような強者である。だがそれは魔神格である使徒スタークの力によるもの。力の一端を与えられ、眷属《けんぞく》として強化されているにすぎないのだ。

魔神格であるルトとは、決して埋めることができない力の差が存在する。神兵が何万と集まったところで、ルトの手に掛かれば鎧袖一触《がいしゅういっしょく》でしかない。

「だがそれはバレていた場合だ。人間ってのはな、瞳と髪色が異なれば意外と判別できねぇんだよ。実際、こうして襲ってきたしな」

「それは確かに……」

そう言われてナトラも納得する。事実、ルトの見た目の変化は凄《すさ》まじい。魔神格としての姿が人間離れしているからこそ、その印象の差というものが如実に現れている。

それを抜きにしても、サンデリカに到着して以来、ルトは普段の姿で公の場に出たことがほぼなかったりする。

そもそも政務がないために、外部の人間と顔を合わせることは滅多《めった》にないのだ。普段の姿で街をぶらつくことはあれど、自ら名乗ったこともない。

この地で大公としての姿を見せたのは、到着直後のお披露目《ひろめ》のみ。それも馬車の窓からチラリと顔を覗《のぞ》かせただけであり、人目にはほとんど触れられていないのだ。

いかに諜報員といえども、限られた情報だけで護衛に扮するルトの正体を見破るというのは、流石に難易度が高すぎる。大公が囮なんて役目を買って出るはずがないというバイアスも掛かっていると考えれば、限りなく不可能に近いのかもしれない。

「ま、そもそも論としてだ。これは失敗しても構わない前提でやった嫌がらせ。俺の正体を見破って手を出さないにしろ、見破らずとも警戒して見逃したとしても、それはそれというやつだ。その場合は、大人しく屋敷まで帰るだけさ。何もしてこなかったっていうのも、判断材料にはなるしな」

「な、なるほど……」

ローリスク・ハイリターン。この嫌がらせの肝はそこにある。失敗に終わったところで大した問題が起きないからこそ、ルトの提案はリーゼロッテたちに受け入れられたのだ。

そしてルトは賭けに勝った。大公が襲撃を受けたという事実は、国家間の駆け引きにおいて大きな意味を持つ。あとはこの二名の身元を照合し、トリストン商会の関係者だと判明すれば言うことなし。

商会を強制捜査する大義名分が手に入り、大手を振って乗り込むことができるというもの。

「コイツらも馬鹿をしたもんだよ。より強大な化け物のお膝元で、力に頼ろうとするなんてな。この結果もある種の必然ってやつだろうよ」

――そうして肩を竦めるルトの顔には、実に獰猛《どうもう》な笑みが浮かんでいた。


「――さて」

ルトが呟く。凍りついた神兵たちから視線を外し、ナトラの方へと向き直る。

「ざっくりとした説明はこれで終了だ。というわけで、これから別行動になる」

「別行動、ですか？」

「そうだ。悲しいことに俺はこの後、かなり忙しくなる予定でな。それでいて機密も絡むから、お前を連れていくわけにはいかん。だから別行動だ」

「は、はぁ……」

機密と言われてしまえば、ナトラとしても頷くしかない。まあ、元から反論するつもりもなく、なんならこれ以上の荒事など勘弁してほしいと内心で思っているのだが。

「お前はこの場で待機。状況が終了したら迎えにくる」

「ここでですか!? あの私、大公様と一緒に襲われかけたのですが!」

だが流石にこの言葉には声を上げた。逆らわず、歩み寄りの意識を持ったといえども、身の安全もまた重要。すでに襲撃を受け、また狙われる可能性が高いとなれば、必死に主張したくもなるというもの。

そしてそれは当然の主張であるために、ルトも苦笑を浮かべてナトラを宥めた。

「安心しろ。生身で放置なんてしねぇよ。お前はここで凍ってもらう。こいつらと同じようにな。これなら危険はない」

「いやあの! この人たちと同じって……!?」

「こいつらだって死んでねぇよ。生け捕りだ生け捕り。殺しちまったら利用できねぇだろ」

慌てふためくナトラに対し、ルトは軽く手を振りながら誤解を解いていく。

ルトが襲撃者相手に振るった凍結の力は、時間停止に近い概念的なもの。殺害のための氷ではなく、生け捕りにするための拘束具なのだ。

一見すれば普通の氷であるが、実際は物理法則から外れた理外の代物。故に、この氷は只人の力では傷一つ付けることは敵《かな》わない。

決して逃れることのできぬ拘束であると同時に、同格の魔神以外では手出しができぬ無敵の護《まも》りであるのだ。

「だから問題ない。なんだったら、サンデリカで一番安全な状態だぞ。意識もなくなるから体感時間も一瞬。寝落ちするようなもんだ」

「……いや、あの……」

「おいおい。そう不安がるなよお姉ちゃん。昨日、お前の弟は勇気を見せたぞ。危険かもしれないと、囮の役目を代わろうとした。それに比べれば、こんなのなんてことないだろう？」

「つ、そこでリックを出すのは卑怯《ひきょう》だと思います!!」

堪らずナトラが叫ぶ。ナトラにとって、リックは唯一の家族にして庇護対象。命懸けで守るという覚悟を抱いているだけあって、リックと比べられるのは姉としてのプライドが許さなかった。

「……分かりました！　ドンとやっちゃってください!!」

「自分で言っておいてアレだが、お前ちと単純すぎやしないか……？」

一瞬で覚悟を決めたナトラに、ルトも呆れ気味に首を傾げた。こんな感じの性格だったかと。

だがすぐに納得した。思い出したのだ。ルトが初めてナトラと出会った時のことを。元よりナトラは、チンピラたちを不意打ちでしばき倒す負けず嫌いな少女である。

先日の一件から、ルトの前では萎縮してしまうようになったものの、これまでの会話から、反骨心や血の気の多さは窺える。恐らくナトラは本質的には直情型であり、それでいてルトの印象以上に単純な性格なのかもしれない。

ただ素の性格が覗くようになったのは、単純に一歩前進ではあるのだろう。ルトもその心境の変化には内心で首を傾げながらも、とりあえず『良い兆候』だと頷いていた。

「ま、受け入れてくれたのなら結構。――おやすみナトラ。意識が戻った時には全部が終わって屋敷だ。使用人にも特別なもてなしを言い含めておくから、そのまま自室でゆっくり休め」

「――」

その言葉と同時に、ナトラは氷の揺籃《ゆりかご》の中に収められることとなる。

「ヨシ。なんか予想外の収穫までついてきたが、とりあえず大佐と合流しよう」

相手が挑発に引っかかって、名分の一つでも確保できれば上々と思っていたところ、理由は不明だが身内との関係改善という副産物までついてきた。

実に満足のいく結果だと笑いながら、サッと腕を一振り。ナトラの近くの壁に氷で『詮索無用』の文字と、大公の名を刻む。

「これで余計な騒ぎは起きねぇだろ」

そして諜報員たちを閉じ込めた氷を操り、ルトは大きく跳躍した。

間章——差し出すモノと得られるモノ

「むむむむむ……!!」

部屋に自分の唸《うな》り声《ごえ》が響く。もう何度目かも分からない。大公様——いや大公閣下から下された課題をクリアするために、それだけ頭を捻《ひね》っているのだ。

だが思考がまとまらない。焦りを筆頭とした感情、与えられた上等すぎる自室の居心地の悪さなど、そうしてアレコレが混ざりあって負のスパイラルが形成されているのが分かる。ただただ無駄な時間が過ぎていく。

「この世界、いや帝国の文明レベルに合わせた発明品。明確な新技術よりもアイデア重視。それでいて製造が比較的簡単なもの。……と言われてもなぁ」

与えられた条件を、改めて頭の中で反芻《はんすう》する。それと同時にため息が出る。正直、かなりの難題だった。具体的な用途、分野などは指定されていないのは救いだが、それでもやはり難しい。

「そもそも俺、科学知識はあっても専攻は生物なんだよなぁ……」

前世のことを思い出す。この世界に転生する前の自分は、ある生物科学を専攻する大学院生だった。そこから不幸な事故に遭って、この世界で再び『リック』として生まれることになったのだが、それはさておき。

ここで重要なのは、知識の大半が専攻していた生物関係に偏っていることだ。……つまるところ、今回の課題では役に立ちそうにないということになる。

一応、生物以外の科学知識もなくはない。分野が違うので決して誇れるほどのものではないが、それでも前世の一般人以上の知識はある。

それに加えて、この世界でも役立ちそうな工学知識もある。前世で流行《はや》っていた『異世界モノ』と呼ばれる娯楽作品では、そうしたアイテム作成で成り上がる展開がしばしばあった。俺も読者の一人であったからこそ、その辺りはよく憶《おぼ》えている。

実際、全ての切っ掛けとなったメタルマッチは、そうして生み出されたのだ。基礎的な科学知識と、娯楽作品で培われた発想。その成果の一つがアレだ。

「……それで調子に乗った末路がコレだけど……」

……駄目だ。先日の一件を連鎖的に思い出してしまった。一気にテンションが下がっていくのが分かる。

「大公閣下かぁ……」

――大公ルト。今の自分、いや自分たちの主《あるじ》の一人にして、生殺与奪の権を握る大貴族。魔神格の魔法使いと呼ばれる、この世界の超越者の一人。

「なんでここまで違うんだろ……」

思わず愚痴が零《こぼ》れてしまう。だが仕方ないだろう。それぐらい自分とあの方は似ているのだ。少なくとも、前世の知識があるという共通点がある。……まあ、こっちは前世の意識が主体で、あっちは今世の意識が主体であるという違いはあるけれど。

『転生者』と『前世持ち』。ニュアンスとしてはそんな感じだろうか。どちらにせよ、同類ということには変わりない。

「片や両親を失い、姉ちゃんとともに路頭に迷いかけた子供。力らしい力はなく、あるのは前世の科学知識のみ。対して向こうは……」

――だがそれだけだ。同類であるはずなのに、そこから先は全てが違う。生まれが違う。立場が違う。なにより力が違う。

魔神と呼ばれる存在は、たった一人で国を滅ぼすことができると言われている。まさに怪物だ。御伽噺《おとぎばなし》そのものだ。笑えないのが、それが嘘《うそ》偽りのない事実であるということ。

実際、自分たちはそれを体験した。魔神の敵意を向けられた。……アレは駄目だ。今思い出しても震えてしまう。刃物を向けられて脅されたとか、そんな次元ではない圧迫感があった。あの碧《あお》の瞳にもう一度睨《にら》まれたら、状態抜きで心臓が止まりかねない。

「本物の異世界チートとかズルいだろ……。なんで主人公が現実にいるんだよ」

愚痴……いや嫉妬の言葉が溢《あふ》れてくる。どうして、どうしてと零さずにはいられない。

惨めなセリフではあるが、『こんなはずじゃなかった』と嘆いてしまう。実際、それぐらい人生設計は滅茶苦茶《めちゃくちゃ》だ。生まれた時に描いていた予定、いや妄想とはかけ離れてしまっている。

「転生したんだったら、普通は俺が主人公のはずじゃんか……」

第二の人生。それも前世の記憶付きという望外の幸運に、最初はとても興奮した。前世で『チート』と呼ばれるような特別な力はなかったけど、それでもこの世界の文明レベル以上の科学知識はあった。

そう考えれば、前世の世界よりも不便な環境にも耐えられた。不便ということは発展の余地があるということだし、自分には発展させるだけの知識が確かにあったから。

実家が工房だったことも追い風だった。職人、技術者へのツテは大量にあったし、理解のある家族にも恵まれた。方針を『内政チートによる成り上がり』に切り替えるのは必然だった。

「クソ叔父め……」

——だが人生というものは無常だった。順風満帆に思われたのは序盤だけで、その後は一気に転落した。

まず両親が死んだ……いや殺された。そして工房が乗っ取られた。残された姉は年寄りの権力者に妾《めかけ》として差し出されそうになり、俺自身もまた両親の仇《かたき》である叔父に管理されそうになった。

そこからなんとか姉弟《きょうだい》で抜け出し、か細いツテを頼っての流浪の日々。なんとか身を落ち着けた時には、当初の成り上がりなど夢のまた夢となっていた。

……それでも諦めなかった。諦めきれなかった。成り上がりたいとか、そういう野心は正直失せていたけれど。とにかくお金が必要だった。唯一の家族、最愛の姉に楽をさせるためにも、科学知識の利用を止《や》めるわけにはいかなかった。

この世界は前世と違う。個人の権利は貧弱で、社会保障の意識も未発達。だからこそ立身出世は難しい。農民の子は基本的に農民のまま一生を終える。家業を継ぐのが当たり前で、継げない者は延々に社会に酷使され続ける。

それをどうにかするのには、大金を稼ぐのには科学知識に頼るしかなかった。……いや、科学知識ならどうにかすることができたのだ。

だから作った。姉の手を借り、メタルマッチを含めたいくつかのアイテムを生み出した。それを発明市で販売して、どうにか未来に繋《つな》げようとした。切っ掛けさえあれば、なんとかできるという自負があったから。

「……」

——その結果がアレだ。大公という天上人の怒りを買い、姉ともども始末されかけた。良かれと思ってやったことで、逆に最愛の姉を殺しかけた。

「やっぱり、心のどこかでまだ調子に乗ってたんだろうなぁ……」

どん底に落とされてなお、なんとかなると思っていた。自分は転生者だから、物語の主人公だと勘違いしていた。

だからこそ失敗した。本物の主人公に、チートと称されるような非現実的な力を宿した超越者によって、自分の傲《おご》りは徹底的に踏み砕かれた。

「当たり前だった。言われるまで気づかなかった俺が馬鹿だった」

……不満はないと言えば嘘になる。共通点があるが故に嫉妬の感情は何度も湧き上がってくる。だが同時に納得もある。感謝だってしている。

この世界は現実だ。作者の頭に沿って描かれる物語では断じてない。平凡な日常のように見えても、その裏では無数の誰かの思惑が絡まり合って存在している。

ただ生きているだけでも、悪意を向けられることがある。それを俺は両親の死で知った。ならば新しいことをやれば、新技術を開発すればどうなるか。純粋な好意、商談だけで済むはずがない。大勢から私欲という名の悪意を向けられるのは明白だ。

それに気づいていなかった。……いや、目を逸《そ》らしていた。科学者の末席にいたはずなのに、現実を直視せずに夢ばかりを追いかけていた。自分だけでなく、唯一の家族の命まで危険に晒《さら》していた。

——だからコレでいい。紆余《うよ》曲折《きょくせつ》はあったけれど、最終的には大貴族二人の庇護《ひご》を受けることができた。価値を示し続ける限り、身の安全は保障されているのだから。

「んっ……！」

パンッ、と気合いを入れるために頬《ほお》を叩《たた》く。忘れてはいけない。何度も言うがここは異世界であり、前世の常識は通じない。大公閣下たちからの庇護は、こちらがもたらす利益に対する対価なのだ。一種の契約であり、契約の不履行は命でもって償う羽目になる。

故にこの課題も手を抜けない。すでに一度やらかしている以上、二度目は致命傷に繋がると考えた方がいい。今いるのが瀬戸際ならば、この課題で一歩進まなければ安心できない。

「……」

窓の外を見ると、もう日没間際となっていた。大公閣下が姉とともに街に向かってから、すでに結構な時間が経過してしまっている。

帰還が何時になるかは分からないが、帰還＝課題の締切りだ。そう考えると余裕はない。

「考えろ。考えろ、考えろ……!!」

頭をフル回転させろ。前世の記憶を漁《あさ》れ。提示された条件をクリアし、それでいて有用なアイテムを思い出せ。

ゼロから発明しようなんて考えるな。自分はそこまで優秀じゃない。ただかつての世界の発明を模倣し、こちらの世界で再現するのが精いっぱいだ。

盗作かどうかは気にしなくていい。世界が違うのだから、著作権にしろ開発者の栄光にしろ関係ない。強いていうなら自分の心との折り合いなのだろうけど、恥も罪悪感もとっくに捨てた。

──求めるのは利益だ。それに伴う安全だ。幸せに暮らせるのならば、姉ちゃんに楽をさせられるのならば、それ以外はどうでもいい……!!

「……大公閣下いわく、この世界は地球の十七世紀ぐらいの文明レベルだとか。帝国は頭一つ抜けてて、産業革命初期ぐらいじゃないかとは言っていた。それは多分間違ってない」

参考として大公閣下と話し合った内容。地球の歴史を基準にした推測。──そう、あくまで推測だ。魔術なんてものがある以上、当時の地球の文明レベルとは決して同一ではない。地球では存在していたものがなく、存在していなかったものがあるなんて可能性も低くない。故に地球の歴史に囚《とら》われすぎてもいけない。

基準となるのは帝国だ。この国の文明レベルだ。その上で過剰なブレイクスルーを起こさないよう、細心の注意を払わなければならない。

「必然的に蒸気機関は駄目。電気系は同様だし、どっちにしろ発展までの時間が掛かりすぎる。即効性が高くて、娯楽関係から多少の知識がある銃関係は……手は出さない方が無難」

叱責の理由を忘れてはならない。地球の知識は禁忌に等しい。下手に拡散するようなことをすれば、弁明の余地なく殺される。

国の管理下にあれば事情は違うと、大公閣下は言っていた。それと同時に、信用がなければ大事業に関わらせることは許さないとも。

一度やらかしている以上、今は信用を積み重ねる段階だ。いずれは今挙げたものに手を出すことも許されるのかもしれないが、まだ時期尚早だろう。

「かと言って便利グッズの類いも駄目だ。ピーラーとか思い浮かぶ物も多いけど、簡単な構造だからこそ、どこかの地域にあるかもしれない。なにより貴族的じゃない」

便利グッズはあれば暮らしを豊かにするが、貴族が手を出すような分野じゃないだろう。それは下の者、商人の領域だ。

今回は試験のようなものだし、大公閣下の性格なら許されるかもしれない。だが有用性は示せない。なにより課題の趣旨にそぐわない。

以前とは違うことを証明しなければならないのだ。発想次第で簡単に製作できてしまう物では意味がない。

地球の知識を活用した上で、問題ないレベルの内容に抑える。それができるとこの課題で示さなければ。それがこの課題を通して俺がやるべきことのはず。

「思い出せ。文明レベルを逸脱しすぎず、それでいてほどほどの経済効果が見込めるものを……！」

前世で読み漁った娯楽小説で登場したのはなんだ。内政チートで、賞賛されていたものはなんだ。

この世界の文明レベルで、ギリギリありそうなもの。それでいて、今世で一度も見たことないもの。

――ある。少しばかり複雑な代物だが、許容範囲の品であろうものがある。

「まだだ……！　一つじゃ足りない。それに製作難易度がちょっと高い。他の候補も考えておこう」

簡単にできるものがいい。アイデア重視なものがいい。かといって便利グッズではない、ちゃんと国益に寄与できるようなものがいい。――ある。工夫は必要だからこそ行われるもの。その状況で輝くものが、確かにいくつかの作品で描かれていた。

「毛色が違うものもいる。アイテムじゃない。この領地の産業になるようなものがいい。それも嗜《し》好品《こうひん》寄りのもの。娯楽に食い込むことができれば、俺も姉ちゃんもより安全だ……!!」

視点を国益ではなく、ガスコイン公爵家の利益にまで落とす。そうすればより強い庇護を得ることができる。つまり特産品。それに類するアイデア。――ある。海が近いサンデリカならではのものが。新たな特産品となるであろう候補が、複数存在する。

「幸せになるんだ。幸せにするんだ……!!」

ガリガリとペンの音が部屋に響く。一心不乱に、降りてきたアイデアを記していく。概要、製法、予想される経済効果も。できる限り詳細に。過剰と言われることを承知で内容の質を上げていく。

――全ては残された家族のため。唯一にして最愛の姉を、もう二度と不自由な目に遭わせないために……!!

第4章　魔神の本領

――景色が流れる。街行く人々も、サンデリカを形成する建造物も。その全てを無視し、ルトは一直線に茜色《あかねいろ》に染まる空を翔けていく。

魔法で発生させた氷ならば、自在に操ることができる。その性質を利用しての移動。氷を足場にすることで、間接的な飛行を実現させているのである。

この上なく目立つために、滅多《めった》なことでは使わぬこの移動法。だがこれから起こる騒ぎを考えた結果、注目よりも移動速度を取るべきと判断した。

最短距離を一直線。シンプルであるが故に、その結果は如実に現れる。

事前に打ち合わせていた地点まで一気に移動し、そのまま先に到着していたランドバルドの目の前に降り立った。

「――よっと。待たせたな大佐」

「つ、これは大公閣下！　……また随分と奇抜な登場でございますね？」

流石《さすが》にこれは予想外だったのだろう。空から降り立ったルトを前にして、冷静な軍人であるランドバルドも言葉を詰まらせる。

凍結させた神兵の上に立ち、その横には同じく凍結させた諜報員《ちょうほういん》が浮かぶ。傍目《はため》から見ても尋常ならざる光景であるために、この反応も当然というもの。

「まさか空から降り立ってくるとは。やはり魔神の領域に立つ御方は、只人の常識など容易《たやす》く超えてしまいますか……」

「便利なのは否定せんがな。中々に難しいんだぞコレ。氷を操るのは凍結の副次効果みたいなもんだから、あんまり融通利かないんだよ。想像通りに動かせはするが、この想像ってのが曲者《くせもの》でなぁ……」

ランドバルドの賞賛に対し、ルトは肩を竦《すく》めながら空中移動の実態を語った。

直線移動などの単純なものなら大して問題はない。『真《ま》っ直《す》ぐ飛べ』といった具合に念じさえすれば、あとは角度と速度をざっくり指定すれば終了となる。

だが複雑な軌道となると、途端に難易度が跳ね上がるのだ。その軌道をしっかり脳内で描くか、詳細な軌道設定をその都度行わなければならないのだ。

「端的に言って、本当に移動にしか使えねぇ。この辺は魔神格としての能力よりも、俺個人の才能の問題だからな。マジでどうしようもない」

上手《うま》く使うことができれば、様々な面で応用が利くようになるのだが……。歯痒《はがゆ》いことに、ルトにはそうした才能はなかった。皆無ではないが、常人の域を出ないのである。

「——ま、それはそれとしてだ」

とはいえ、できないことをいつまでも引っ張るのは不毛である。なので適当な部分で会話を切り上げる。

ルトの突飛《とっぴ》な登場のせいで脱線してしまったが、重要なのはここからなのだから。

ゴロリと中身入りの氷塊を転がし、ランドバルドの前に置く。

「嫌がらせは成功。収穫ありだ。コイツらに襲撃された。襲撃兼陽動の諜報員と、本命の奇襲要員であった神兵の二人組。知った顔はいるか？」

「確認します」

透明な氷の中で、ナイフを振るった形で固まる男。そしてナイフを片手に目を見開き固まる男。

両者ともに布で口元は隠してはいるが、それでも顔の判別はできる。日常に溶け込むためかつ、襲撃を成功させるつもりだったからか、変装を簡易に済ませたのが仇《あだ》となった形だ。……完全に顔を隠していたところで、顔周りの氷だけ解けば解決するので大した意味はないが。

「二名とも商会の職員です。間違いありません」

「――そいつは重畳《ちょうじょう》」

そうして為《な》されたランドバルドの断言に、ルトの口が孤月に歪《ゆが》む。

商会のメンバーであると確定された今この瞬間、全てのピースは揃《そろ》った。

他国の商会に所属している人間が、領主の私兵を襲撃した。この時点で商会に踏み入る名分としては十分。

そして襲撃を受けたのが、私兵のフリをした大公本人であったとなれば。事態は一気に国家間の問題にまで拡大する。

戦争にすら発展させることが可能なこの状況。もはや遠慮は不要である。

「打ち合わせ通り、これより合図を行う。神兵、商会内の人間は俺が」

「外にいる商会の人間は、我々が全て拘束いたします」

「ああ。大公襲撃の非常事態だ。盛大にいこう。組織的犯行の可能性という名目で、関係者は全員しょっぴくぞ」

——言葉と同時に、ルトは全力で神威を放出する。

神威は魔神格にしか知覚できぬもの。だがわずかとはいえ神威を宿す神兵が、その法則に当てはまるかは不明。少なくとも、まだ若輩な魔神格であるルトには判断がつかなかった。

だが謁見の間の経験から、神威は互いに干渉することは知っていた。ならば感知できても不思議ではない。

故にこちらの動きを察知されぬよう、大規模な力の行使は控えていた。

しかし『大公襲撃』という名分を手に入れた今、その枷《かせ》から解き放たれる。魔神格としての本領を発揮できる。

「……」

ルトを起点に津波の如き勢いで、青の神威がサンデリカを呑《の》み込んでいく。

意思一つで無限に供給される超常の絵の具。それは理外の力の源であるが故に何も壊さず、障害物をすり抜け『青』が街を染め上げる。

「……一人」

その途中、わずかな抵抗感。アクシアの時と同じ、神威による干渉。——そのまま押し流し、凍結。

これが真なる魔神格であれば、抵抗など造作もないだろう。鼻歌交じりで、このような雑な攻撃など撥《は》ね除《の》ける。

だが相手は神兵。英雄クラスの力はあれど、所詮は魔神格の眷属《けんぞく》でしかない木っ端。如何《いか》に死力を尽くそうとも、魔神の暴威には逆らえない。

「……二人、三人……」

青の神威に触れた神兵、そのことごとくが凍結する。抵抗も許さず、淡々と全てが処理される。

これこそが魔神格、国一つ容易く滅ぼすという力の一端。概念一つを掌握する、御伽噺《おとぎばなし》の魔法としか言えない真のデタラメ。

「……こんなもんか」

サンデリカ全体、そしてその周辺までを神威で満たし終えた時点で、ひとまず放出を止める。

範囲内の神兵は全て凍結済み。ついでにトリストン商会の内部にいた人間も。

これで懸念事項は粗方解決。敵戦力は大幅に低下し、商会内に存在するかもしれない証拠等も保護できる。

「あとは、と」

最後の仕事として、サンデリカ上空に巨大な球状の氷塊を浮かべる。

突然の異変に街全体が騒がしくなるが、その点については気にしない。

これは事前に決めていた合図である。サンデリカの各所で待機しているランドバルドの部下たちに、一斉に狩りの開始を伝えるための。

日が沈む前に空に氷塊が浮かぶ。それ即《すなわ》ち『名分確保、及び障害排除に成功。ただちに行動を開始し、商会関係者の全てを拘束せよ』という指示である。

これによって状況は大詰め。誰もが大胆に動き始めるだろう。

「――よし。これで報告が来るまで、商会前で待機だな。応援の要請があれば俺も急行するが……」

「感謝します。ですが神兵が仕留められている現状、あまり必要ないかと。諜報員と思わしき者には手練《てだれ》を当てていますので」

「どちらにせよだ。商会内部の調査人員が到着するまでは待たなきゃならん。要請方法は、上空に火球の魔術だったか？」

「左様です。日も暮れ始めているこの時間帯ならば、一目瞭然かと」

「そうか。では行くぞ」

「ハッ」

揃って移動を開始する。と言っても、現在地は商会を目視で収めることができ、それでいて周囲よりも頭一つ高い建物。その屋根の上である。

頭上ということで人の意識から外れやすく、高所故に見通しも良い。それでいて屋根の形によっては、意外と隠れる場所も多い。

監視地点として優れた場所であるために、移動に時間は大して掛からなかった。

「……それにしても目立っているな。当然だが」

「中身入りの氷が浮かんでいるだけでなく、大公としての御姿ですから。注目されるのも無理からぬことでしょう」

ルトの呟《つぶや》きに、ランドバルドが苦笑を浮かべる。

それぞれが持つ技を使い、屋根から降り立った二人。そこから商会の前に至るまで、それはもう注目の的であった。

ただでさえ、ビジュアルが暴力的なのである。氷漬けとなった人間が二人に、魔神格としての姿で歩くルト。それに加えて、空に巨大な氷塊が浮かぶという異常事態。

大公として身分があるために、誰もが声を掛けることなく急いで道を開けていく。

だが全員その内心で、これから何が起きるのかと戦々恐々としているのは明らかであった。

「まあいい。ここまで盛大にやっちまえば、相手側も引けまいよ。法国までは辿《たど》りつけやしないだろうが、その分トカゲの尻尾《しっぽ》にされるであろうゼオン王国からは、存分にしゃぶらせてもらうとしよう」

ナイフを振るった体勢。一目で襲撃の瞬間と判断できる形で凍結した男。その身元も割れている。

これだけで言い逃れなどできやしない。政治的には勝ったも同然。

「リーゼロッテにも良い土産《みやげ》ができた」

そう笑みを浮かべながら、ルトは沈黙するトリストン商会を眺めるのであった。

物々しい雰囲気がサンデリカを包む。その中でも特に張り詰めた空気が満ちるのが、今回の騒動の中心であるトリストン商会である。

道行く人々が何事かと注目し、徐々に人だかりが増え始めるなか。

「――来たか」

ガタゴトと音が響いてくる。やってきたのは、大きな荷台を繋《つな》いだ数台の馬車。そして大勢の兵士たち。

軍の人間が現れたことで、喧騒《けんそう》はさらに大きくなった。誰もが理解したのだ。現在が極めて逼迫《ひっぱく》した状況であることを。

「大公閣下。準備が整いました」

「そうか。狩りの方はどうなっている？」

「問題ありません。外に出ていた商会関係者、全員の拘束が完了したとの報告が」

「早いな」

「目星をつけていた者たちを中心に、なにもさせるなと指示を徹底しておりましたので」

諜報員と思わしき者たちには、市民に変装した手練を当てて不意打ちで気絶させ。

それ以外の商会関係者に対しても、不審な動きを見せた時点で意識を奪うよう指示しておいたのだという。

流石は超大国の兵士、それも諜報分野に身を置くスペシャリスト。抵抗を許さぬ拘束能力をまざまざと見せつけてくれる。

「なら俺たちもさっさと済ますか。突入するぞ」

「ハッ！　第一、第二部隊は商会を包囲し、周囲の警戒にあたれ！　残りの部隊は突入！　内部の物を全て回収しろ！　証拠は一つたりとも見逃すな！」

「「了解しました!!」」

ルトの号令。それに従い行動を開始する兵士たち。

ついに法国の諜報員の巣、トリストン商会にルトたちは乗り込んだのである。

「まずはここの頭に挨拶をするとしよう。大佐、案内はできるか？」

「間取りは把握しております。こちらです」

ランドバルドに先導される形で、ルトは商会内を移動していく。

内部には異様な光景が広がっていた。日常生活の動作の途中でピタリと動きを止めている人間が、あちらこちらに存在しているのだ。

これはルトが魔神格としての力を使った結果。商会にいた全ての人間が、何の前触れもなくその時間を凍結させられたが故の光景である。

現実であるはずなのに、非常に現実感に乏しい空間。現在は兵士たちが動き回っているために騒がしいが、そうでなければもっと違ったはずだ。

今にも動き出しそうな『人形』の大群と、無音の空間。それはある種の芸術作品のようで、悪夢の如き不気味さを醸し出していたことだろう。

「――ここが支店長室となっております」

「ああ」

ランドバルドの案内に従い、扉を開ける。

扉の先に広がっていたのは質の良い、それでいて貿易商らしい異国情緒溢《あふ》れる調度品の数々が並んだ部屋。

そして他と同じように凍結している者が一人。机の前でペンを握った状態で固まる、恰幅《かっぷく》の良い男がいた。

「あの者がトリストン商会、サンデリカ支店の長。名はジェイクといいます」

「そうか。では話をするとしよう」

その言葉と同時に、男の時が動き出す。何事もなかったかのように、書類の上をペンが走る。

ルトが凍結を解いたのだ。商会の代表者とこれからの話を、いや宣告をするために。

「……？　っ、誰だお前たちは!?　一体いつからそこにいた!?」

気配を感じたのかジェイクが書類から顔上げ、そして思い切り飛び上がった。

彼の視点からすれば、いつの間にか目の前に見知らぬ二人が立っていたのだ。驚くのも無理はないだろう。

だがそんな彼の心情を汲《く》み取《と》っていられるほど、状況は穏やかではない。

「――ほう？　俺を何者かと問うか。商人の割にはものを知らないようだ」

ルトが笑う。尊大に、それでいて震えるほどに恐ろしく。魔神格としてのプレッシャーでもってして、目の前の商人を威圧する。

たとえジェイクのそれが正当な疑問、反応であったとしてもだ。交わす言葉は辛辣に。対応は微《み》塵《じん》も容赦しない。

これから発動する強権は、それに見合うだけの振る舞いが求められる故に。

一つの国家を揺るがすほどの宣告を、腑《ふ》抜《ぬ》けた態度で行うべきではないが故に。

「このような外見をした者が、この地に何人いると思う？　中々に目立つ特徴だと自負しているのだがな」

「つ、まさか……!?」

淡く輝く青髪碧眼《へきがん》。その特徴の持ち主をようやく思い出したのか、ジェイクが慌てて床に膝をついた。

その顔には滝のような汗が。肩も小刻みに震えている。

状況は未《いま》だに把握できぬとも、尋常ならざる事態が引き起こっていることだけは理解したのだろう。

「青き髪と碧《あお》の瞳。その神秘的な御姿、コイン大公閣下とお見受けいたしますが、相違ありませんでしょうか……!?」

「正解だジェイク。少しばかり察しは悪かったが、可能性を思い当たったと同時に膝をついた判断は素晴らしい。見事なものだ」

パチパチと軽くルトが手を叩《たた》く。だがその態度、その台詞《せりふ》。どちらもあまりに白々しい。

意味不明な現状に加えて、中身の込められていない賞賛。不穏という表現ですら生温《なまぬる》い。

「……きょ、恐縮でございます。し、しかし何故《なぜ》、大公閣下がこのような場所に？　その、一言申し付けていただければ、わざわざ御身自らに足を運んでいただかなくとも、私どもの方からお伺いしたのですが……。それかせめて、御来訪の先触れを出していただけたのなら、最大限の歓待を……」

言葉が止まらない。目の前に立つ大貴族を決して刺激しないよう、最大限に丁寧な言い回しを心掛けなければ。

下手を打てば命はない。そんな確信がジェイクにはあった。否《いや》が応《おう》でも理解させられるほどの敵意があった。

「安心しろジェイク。俺は、いや俺たちは客としてこの店にやってきたのではない。この国を守護する盾として、ここにやってきたのだ。——ランドバルド大佐」

「ハッ」

一瞬の目配せ。それだけでランドバルドは、ルトの意図を見事に汲んでみせる。

「ジェイク・トー。この商会の代表者である貴様には、我々に最大限協力する義務がある」

「きょ、協力……？」

「そうだ。現在、この商会は我々の制圧下にある。商会内の人間は一人残らず拘束し、後に尋問。商品、資料等の物品は全て押収。建物内もくまなく調査される。貴様にはそれらに対して全面協力してもらう」

「つ、お、お待ちください!!　一体何故そのようなことを!?」

驚愕《きょうがく》の声が部屋に響く。いや、その叫びは最早《もはや》悲鳴であった。強制捜査の命令は、商会の支店を任せられるほどの男を戦慄させる力があった。

「そのような仕打ちを受ける理由が思い当たりません！　あまりにも横暴ではありませんか!?」

「横暴ではない。これは正当な処置だ」

「ですから心当たりがないと言っているのです!!　我が商会は真っ当に商売をしています！　不正の類いなど行っていない！」

「不正が理由ではない。この商会に所属している二名が、お忍びで外出中のコイン大公閣下を襲撃した。それが理由だ」

「……は？」

衝撃の内容を伝えられ、今度こそジェイクは絶句した。今までの勢いは何処《どこ》へやら。横暴に対する反抗の気概は、瞬く間に消し去られた。

代わりに芽生えるのは恐怖。内容が事実ならば、とても自分一人では対処することができない大問題だ。

下手を打てば命がない――否《いな》だ。これはそんな領域ではない。自分一人の首では到底済まない。この商会が、いや本店を含めたトリストン商会そのものが潰される。それで済めば万々歳とさえ言えるほど。

「……お、お待ちを……」

「お忍びとはいえ、大公閣下は公爵家関係者と分かる出で立ちであった。つまり今回行われた襲撃は、お忍び故に起こってしまった悲劇ではない。ガスコイン公爵家に対する明確な敵対行為なのは明らかである」

「……お待ちください……！」

「この一件は到底見過ごせるものではない。貴様らがゼオン王国に本拠を置く以上、貴様らの祖国から我が国への宣戦布告とも解釈できるのだ。故に徹底的に調査する」

「お待ちください……!!　どうか、どうかお待ちください!!」

それは懇願である。他国にも出店している規模の大商会、その支店長として君臨する男。商人としては紛れもない成功者であるはずの男が、恥も外聞もなくランドバルドに縋《すが》りついていた。

「それは事実なのですか……!?　本当に、我が商会の者が大公閣下を襲撃したのですか!?」

「ああ。事実さ」

その必死の問いに答えたのはルトだ。

縋りつく哀れな男を慈しむかのような表情で、されどわずかな希望すらも打ち砕くかのように事実を並べていく。

「襲撃犯は死んでいない。俺が使った特殊な魔法によって、襲撃の体勢のまま氷漬けとなっている。俺が魔法を解除すれば、瞬く間に動き出すだろう。状況を理解できず、襲撃の続きを行おうとするかもしれない」

「あ、ああ……」

「当然ながら、その身体は綺麗《きれい》なものだ。外傷など一つもない。身元の照合など容易い。元々、この商会に不穏分子が紛れていることは把握していた。職員の調査も済んでいる。だから言い逃れもできやしない」

「ああああっ……!?」

詰み。どうしようもないほどに詰んでいる。弁明の余地などなく、状況を打開することすら不可能。

「哀れなジェイク。優秀なキミなら理解できるはずだ。祖国が戦禍に晒《さら》される間際だと。そしてキミ自身が、不穏分子の疑いがあるということを。自らを含め、大勢の命が喪《うしな》われるかもしれないと」

救済を謳《うた》う聖者の如く、慈悲に溢れた声音でルトは終わりを告げる。

「この件は枯葉のように繊細だ。力加減を間違えれば、たちまち粉々に崩れてしまう。それはキミとて望んでいない。そうだろう？　……さあジェイク、泣いてないで早く答えろ。俺は『はい』の言葉を待っている」

「……か、かしこまり、ました。このジェイク、全面的に協力させていただきます……」

「――ありがとうジェイク。キミの協力が得られるなら百人力だ。実に頼もしい」

――かくしてトリストン商会は陥落した。サンデリカにて暗躍する諜報員たちの隠れ家は、氷の魔神の戯れからその全てが崩れ去ったのである。

トリストン商会の支店長ジェイク。彼の協力を取り付けられたことで、捜査は順調に進むことになるだろう。

この時点で一段落。まだまだ事態が解決したとは言えない状況ではあるが、少なくともこの場においてルトにできることはない。

「ランドバルド大佐。後は頼んだ。俺は外で凍らした神兵たちの回収に行ってくる」

「私としては構いませんが……。こちらの調査はよろしいので？」

「俺がいたところで邪魔なだけだろう。だったら手分けした方が効率的だ。回収した奴《やつ》らは公爵邸に置いておくから、後でそっちの身元の照合も頼む」

魔神格の本領は戦闘。調査は専門家に任せるべきであり、素人《しろうと》が手を出していい領域ではない。下手に専門外の分野で行動しようとするよりも、簡単に処理できるタスクをさっさと済ませた方が万倍マシというもの。

「……ああ、そうだ、神兵の中で商会とは無関係の者がいた場合、身元を調査し直ちに報告を。リーゼロッテと対応を協議する」

「かしこまりました。尋問の方は如何《いかが》いたしましょう？　魔法だけは解除していただき、我々の方で行いますか？　それとも同席いたしますか？」

「この際だ。同席しよう。特に神兵が相手ならば、戦力が控えていた方が不安もない。ただ切っ掛けとなった二名に関しては、襲撃の証拠として扱うので尋問はなしだ。神兵の回収と入れ替わりで公爵邸に置いていってくれ」

「かしこまりました。では後日、資料等の分析が完了しましたら、直ちに御連絡させていただきます」

「よし。では失礼する」

軽く今後の方針を伝え、ランドバルドたちと別れる。

そのままトリストン商会を出て、軽く跳躍。足の下に氷の板を作り出し、そのまま一気に空へと昇る。

「さて……」

呟きながら意識を切り替える。

街は依然としてルトの神威に包まれている。放置すれば自然と霧散してしまうものであるために、これまでずっと意識の片隅で維持していたのだ。その理由はこの時のため。

「えーと、屋内にいたのが二名と」

神威が存在する空間は、魔神格の魔法使いの支配下に等しい。魔法を望んだ場所に発動できるだけでなく、大雑把《おおざっぱ》ではあるが支配下となった空間内の出来事を知覚することもできる。

様々な要因から発生する神威の揺らぎ。それを利用したソナーやレーダーのようなものだ。

建物の構造。人々の動き。鼠《ねずみ》、猫、鳥などの小動物の群れ。もちろん、自らの手で氷漬けにした人間も感知可能である。

「屋内の奴だけは先に回収だな。下手に動かして、建物を壊したらアレだ。……で、残りはまとめて最後にかち上げるか」

方針を固めて移動を開始。もう急ぐ必要もないために、その速度はゆっくりとしたものである。夜の闇に染まりつつある街の空を、のんびりと氷のボートで進んでいく。

山場を越えたこともあって、なんとも気の抜けた時間が流れていく。そのせいもあって、ルトも自然と独り言を零《こぼ》していた。

「……にしても、神兵だけで総勢八人。他の諜報員を加えるとさらにドンか。随分と大所帯じゃねぇか」

頭の中に浮かぶのは狩りの成果。敵国の諜報員を二桁も拘束したのだから、単純に考えれば大成功と胸を張れる内容だ。

——だがルトは決して喜べない。いやルトだけでなくランドバルドも、そしてこの後に報告を聞くことになるリーゼロッテも、喜ぶことはないだろう。

「神兵、戦術級術士に匹敵する輩《やから》が八。規模にもよるが街一つぐらいなら陥落させられかねん戦力じゃねぇか……」

世間一般で語られるところの英雄クラス。戦場の趨勢《すうせい》を左右するような力の持ち主が八人。この事実をどう見るかで、今後の対応は百八十度変わる。

単純に考えれば、英雄クラス八人を諜報員として導入するような大作戦。大抵の国ならば、失敗は許されない最重要作戦としてカウントされるものだ。

だが魔神格であるルトのお膝元。そして神兵がいくらでも量産可能な点に着目すれば、重要度は一気に薄れてくるように感じる。

『念のため人員を増やしておこう』。その程度の考えで英雄クラスを追加できるのが、法国という超大国なのだから。

「目的がこの戦力に相応《ふさわ》しいナニカと考えると、本当に嫌になってくるな。少しばかり手厚い情報収集だったら、どれだけ楽か……」

全てが判明するのはこの後だ。ランドバルドたちによる分析と、ルトも同席する尋問によって明らかとなることだろう。……そうなってくれと願っているというのが正確か。

「――っと。ここか」

思考を巡らせている内に、目的地の上空に到着。思考を切り替えて、地上の方に意識を向ける。対象がいるのは酒場であった。海猫亭ではない、サンデリカに複数ある内の酒場。

酒の席で情報収集でもしようとしていたのか、それとも普通に酒を楽しみにきていたのか。その目的は不明であるが、確かなのは酒場の店内で神兵が氷漬けとなっているということ。

それを裏付けるかのように、普段ならば賑《にぎ》やかであったはずの酒場周辺は、とても物々しく薄暗い気配に満ちていた。

さらに異変を察知して集《つど》った野次馬《やじうま》だけでなく、通報されたのか衛兵の姿も見受けられる。

「ふむ……」

突然店内の人物が氷漬けとなったと考えれば、この光景は当然のもの。衛兵もしっかり活動しているのは、お飾りではあるがこの街の為政者の一人としては好印象だ。

ならば対応は緩めにするべきか。今日は何かと騒がしくしすぎた。

平和に過ごしていた市民に、真面目に働いていた衛兵。彼らにこれ以上の刺激を与えるのは、流石に憐《あわ》れがすぎるというもの。

外見はそのままに。圧だけを引っ込めて。大公本人と分かるビジュアルは維持したまま、ルトは地上にゆっくりと降り立った。

「済まないが場所を開けてくれ。あと、ここにいる衛兵の責任者に話がある」

「っ、まさか大公閣下!?」

ルトが現れたことで、周囲にどよめきが広まった。

その特徴的な、サンデリカにやってきた初日に見せた姿と全く同じ姿であるが故に、大半の者が一目でルトの正体に思い当たったからだろう。

それと同時に、一人の衛兵がルトの方に駆け寄ってくる。血相を変えながらも全力でやってくることから、彼がここにいる衛兵たちの中でもっとも高位なのだろう。

「お前がこの場の責任者か?」

「は、はいっ！　左様でございます！　そ、それで大公閣下にあらせられましては、何故このような場所にお越しになられたのでしょうか……？」

「この酒場で氷漬けになった奴がいるだろう。そいつを回収にな」

「か、回収、ですか？　確かに現在、魔法による殺人と仮定して捜査を行っていますが……」

理解が追いつかないと言いたげな男に対し、ルトは簡潔に説明を行う。

「真面目に働いてもらってるところ悪いが、それをやったのは俺だ。内容は機密だが、軍と合同の作戦行動中でな。人が突然氷漬けになったとか、空に浮かぶデカい氷塊だとかは、全てそれに絡んでいる」

「は、はぁ……？」

「だから問題ない。領主公認の作業だってことで、気にしないでくれ。他の同僚や民にも、そう伝えて回ってくれると助かる」

「か、かしこまりました！」

「よし。それじゃあ中の凍ってる奴は回収していくぞ」

最後にそう一声だけ掛け、ルトは酒場内の神兵を回収。再び氷のボートを操り空に昇った。

なにやら下で再びどよめきが起こっているが、それに関してはスルー。

「んじゃ、次か」

あとは似たようなことをもう一度だけ繰り返す。残りの神兵は屋外なので、一気に上空にまで浮かせてしまえば回収作業は終了。

ついでにナトラも同じ方法で拾い、そのまま公爵邸に帰還すれば状況はほぼ終了となる。

――だが人生というものは、そう上手くは進まない。港の方から打ち上がった炎弾が、弛《たる》んでいたルトの意識に喝を入れた。

「応援要請、だと？」

上空に向けて放つ火球の魔術。それは対処不能な事態が起こり、戦力の増援を求める合図。非常事態の報《しら》せであった。

帝国における要所、海の台所として知られるサンデリカ。海産物が特産品とされるだけあって、港の規模は中々のもの。

多くの船乗りや漁師、商人たちが常に行き交う、街の中でも市場に並んで活気のある地域であった。

——そんな賑やかであるはずの地が、普段とは異なる喧騒で包まれている。空気が張り詰め、聞こえてくるのは軍人たちの怒号。そして薄《うっす》らと混じる苦痛の呻《うめ》き。

「何があった！」

空から駆け付けたルトが問う。荷物となる中身入りの氷塊は空中に浮かせたまま、状況に即応できる体勢。それが必要だと思わせるほどに、現場は緊迫していた。

「っ、これは閣下！」

「敬礼はいい。早く状況を説明しろ」

「はっ！」

対応のために駆け寄ってきた士官に対し、ルトは簡潔に報告のみを求めた。この場において重要なのは礼節ではなく、状況を解決するために必要な情報だと告げた。

時間が惜しいと態度で示すルトに、対応する士官も合わせて口を開く。そしてことの始まりから語りはじめる。

「我々はこの港で活動している、トリストン商会の関係者を担当しておりました。そして閣下の合図に従い、行動を開始。拘束していった次第です」

「続けろ」

「問題はトリストン商会の荷を扱う、あちらの貿易船に突入した際に起きました」

「ほう？」

指し示された船。それは貿易船と呼ぶに相応しい立派なものであったが、よく見ると荒れているのが分かる。

甲板付近の損傷が複数。マストに張り巡らされているはずのロープも数本千切れている。

「手練でもいたか？　神兵は俺が全て処理したはずだが」

「いえ。関係者たちの処理はつつがなく済んでおりました。――獣です」

「獣か……獣？」

告げられた内容に、ルトは思わずといった様子で問い返す。あまりにも予想外だったのだ。諜報員が抵抗でもしているのかと考えていたのだが、まさかトラブルの元が人間ですらなかったとは。

「正確に言えば魔獣でしょうか。我々が突入した騒ぎに乗じて、船内にいた二頭の魔獣が暴れました」

「……密輸でもしてたのか？」

「それが不明なのです。拘束した船の乗組員に確認したところ、全員があんなバケモノは知らないと。船の何処にもいなかったと、口を揃えておりまして」

「はぁ？　しらばっくれてるとかではなくてか？　それか上手い具合に隠されてたか」

「船員の恐慌具合を見るに、少なくとも全員がグルというのはありえないかと。そして問題の魔獣は熊です。かなりの大型ということもあり、隠すというのは不可能でしょう。餌や排泄物《はいせつぶつ》の問題もありますし」

「また奇妙な……」

船という閉鎖空間でありながら、認識されることなく存在していた二頭の熊。そうして大人しく海を渡ってきたかと思えば、帝国軍の作戦に合わせて暴れはじめたという。

あまりに不可解。作為的なものは感じるが、それ以上は思考がまとまらない。状況が突飛《とっぴ》すぎるかつ、情報が少なすぎるのだ。予想を形にするまでの、あと数歩が詰められない。

「その魔獣はどうした？　応援要請を上げたということは、まだ仕留めてはいないんだろう？」

「お恥ずかしながら。二頭ともかなり手強《てごわ》く、現状の我々の武装では手に負えません。死者こそいませんが、怪我人《けがにん》も多数。船内に留《とど》めることが精いっぱいという状況です」

「それほどか……」

周囲にいる帝国軍人たちは、少なくない人数が火器を携えている。外見上では判断がつかないが、魔術を扱える者もいるはずだ。

戦力としてはかなりのもの。そうでありながら、二頭の魔獣を仕留めることができないとは。それほどの魔獣が存在していること自体が、ルトとしては驚きであった。

「まさか法国が仕掛けたナニカの正体はこれか？　密輸した強力な魔獣と神兵で、盛大に騒ぎでも起こすつもり……なんて幼稚な計画はありえんか」

「断言はできませんが、流石に単純すぎるかと……」

ふと浮かんだ考えであったが、すぐに頭を振って思考を破棄。天下の法国が、大陸の二大巨頭の片割れたる超大国が、そのような馬鹿みたいな計画を立てる。あまつさえ実行しようとするわけがないのだ。

リスクを筆頭とした諸々《もろもろ》と、得られるであろう成果がまったく釣り合っていないのだから。真横で聞いていた士官ですら苦笑しているぐらいには、ルトの挙げた推測は子供じみていた。

「まあいい。なんにせよ、その手強い熊とやらを見てみなきゃ話にならー――」

『『グルァァァァ!!』』

――ルトが事態を引き継ごうとした瞬間、港中に獣の咆哮《ほうこう》が響き渡った。そして凄《すさ》まじい破砕音とともに、二頭の熊が貿易船の船体を突き破って現れた。

「……これ本当に熊か？」

その非現実的な登場の仕方に、ルトは目を擦《こす》って二度見した。まさか大海を渡る船の壁を突き破る獣がいるとは。それも甲板付近の壁から桟橋に降り立ち、見事に着地してみせるとは。

魔を操る獣だとしても、尋常ならざる破壊力。そして熊にあるまじき靭《しな》やかさ。……なにより巨大だ。大型だとは聞いていたが、まさか自分の倍以上のサイズだったとはルトも思っていなかった。

「並の熊より二回り以上はデカいじゃねぇか。なんだコイツら……」

「っ、総員警戒!! 街の方には絶対に向かわせるな！ この港で食い止めるぞ！」

魔獣という言葉ですら片付けられない怪物を前に、港中の警戒レベルが跳ね上がる。動じていないのは、それ以上のバケモノであるルトだけであった。

「閣下……」

「分かってる。俺が請け合うとも。——お前たちは後ろで待機。逃がす気はないが、念のため警戒は怠るな。ついでに情報収集も済ませるから、記録も取っておいてくれ」

「感謝いたします」

頭を下げる士官に軽く手を振りながら、ルトが一歩踏み出した。その足取りは軽く、微塵も躊躇《ちゅうちょ》が見られない。

「とりあえずお手並み拝見か」

凍結の力は使わない。使えば一瞬で片付くが、それをすれば情報が得られない。いろいろと不可解な存在である以上、ある程度の情報は手に入れたい。

もちろん、これはルトだからこそ許される蛮行である。並の獣を凌駕《りょうが》する怪物であろうが、羽虫以下の脅威にしかならない超常のバケモノであるが故の余裕である。

「グルァァァ!!」

そんなルトが癪《しゃく》に障ったのか、まず片方が駆け出した。その突進は極めて速い。瞬く間に栈橋を駆け抜け、港にいたルトの目の前に到達。

「ガァァッ!!」

――そして雄叫《おたけ》びを上げながらの一撃。鋭き爪と、巨体から繰り出される剛力は、見事に大地を砕いてみせる。

「なんつー馬鹿力だ……」

後ろに下がることで攻撃を回避したルトが、その非常識な光景に呆《あき》れる。自然界において明らかに過剰であろう破壊力。並の人間ならば一撃で挽肉《ひきにく》。強化の魔術で耐久性を上げたとしても、当たりどころ次第では致命傷になりかねない。

帝国軍が手を焼くのも納得だと肩を竦めた瞬間、ルトのいる地点を中心に影が差す。夜の闇ではない。まだ夕日の光が抵抗している時間帯だ。

ならばこの影は一体何だと、上空に視線を向けた瞬間。ルトは堪《たま》らず声を上げる。

「はぁっ!?」

「グルァッ!!」

残った一頭が跳躍し、頭上から奇襲を仕掛けてきたのである。

流石にこの奇襲は転がって回避。不変の肉体であるが故にダメージこそ受けないが、獣の巨体に押し潰されるのは心理的に抵抗がある。

だが、それはそれとして意味が分からない。熊らしからぬ大跳躍も。見事な連携で、転がるルトに追撃を仕掛ける片割れも。何もかもがおかしすぎる。

「いやいやいや！　流石にありえんだろコレ！　お前らマジで熊か!?」

爪による追撃を素手で受け止めながら、ルトは理解不能の叫びを上げる。この一連の攻防だけで、熊たちの脅威度がルトの中で急上昇していた。

試しにルトが氷の弾丸を数発ほど放つ。強度は並の氷と変わらず、サイズも弾速も銃と同程度。周囲で待機している者たちを参考に、一般的な帝国軍人が備えているであろう火力に合わせてみた。

「グルッ」

「ガァァッ！」

――結果はノーダメージ。ルト自らで生み出したからこそ分かる。氷の弾丸は、熊たちの強靭《きょうじん》な肉体の前に砕け散った。傷の一つも付けることが叶《かな》わなかった。

「マジか……」

確かに銃はそこまで威力のある武器ではない。脆《もろ》い肉体を持つ人間が相手ならば致命傷となるが、獣が相手となれば、特に大型の生物に対しては効果が薄い。

体毛、皮下脂肪、筋肉に骨。適当な部位を撃ったところで、これらの体組織によって減衰されてしまう。致命傷を狙うのならば、然《しか》るべき急所を撃たねばならない。

しかし、しかしだ。銃弾が直撃して怪我を負わないということは中々ない。致命傷にならないだけで、当たれば負傷ぐらいはする。それだけの威力が銃にはある。

それでいて獣は怪我を嫌う。野生は少しの負傷が死に繋がる苛烈な世界だ。獣はそれを本能で理解しているからこそ、負傷はできるだけ避けて行動する。獰猛《どうもう》な肉食獣であっても、慎重かつ臆病な性質は少なからず備えているものだ。

だからこそ、攻撃されれば相応の反応を示す。興奮度合いによっては攻撃性が増す場合もあるが、それでも怯《ひる》むぐらいはしてもいいはず。

「グルルルッ」

「グラァッ」

だがこの二頭は違う。銃撃に匹敵する攻撃をも弾く強靭な肉体に、攻撃されたことを微塵も気にせぬ凶暴性。見事な連携を実現させる知能。

あまりにも異質で、それ以上に凶悪。推定される危険度は極めて高い。討伐するならば、術士を含めた完全武装の部隊が複数必要となるだろう。単騎ともなれば、戦術級の術士でなければまず不可能。

「あの素っ頓狂な推測が、地味に現実味を帯びてきたかもな……」

今さっき切り捨てた推測。いや妄想。この熊たちと神兵たちによるカーニバル。それが冗談と笑えなくなるぐらいには、この二頭は脅威であった。

密輸入したこの怪物どもを、もし街の中で解き放たれたら。それに乗じて、神兵たちが破壊工作に動いたら。その被害はとてつもないことになるだろう。

単純に暴れるのなら、すぐにルトに鎮圧されて終了だろうが、熊を陽動に暗躍されたら、どうなっていたことか。あまり考えたくない事態であることは確かだ。

「ガァァッ!!」

「グルラァッ!!」

何度目かの連携攻撃。明らかに群れとしての狩り方であり、単体で強い獣である熊がやっていいものではない。老獪《ろうかい》な狼《おおかみ》でも相手をしているかのようで、実に不気味だ。

——だがこれはもう何度も見た。身体能力などを含めて、数々の驚愕を体験させてくれはしたが、そろそろネタ切れ。隠し玉もなさそうだ。

「——もういいか」

ならば遠慮は不要と、ルトは意識を切り替える。神威を放ち、二頭の命の鼓動を止める。

「「——」」

一瞬で熊たちが息絶えた。倒れた衝撃で、ズシンと地面が揺れる。それだけで、目の前で倒れ伏す二頭がどれだけの怪物であったのかが分かる。

「ふぅ」

これはそう。相手が悪かっただけだ。人の世に出ればおびただしい屍《しかばね》を生み出したであろう怪物たちも、魔神格の魔法使いの前では、ただの塵芥《ちりあくた》にすぎなかったという話。

あまりにも単純で、だからこそどうしようもない、純然たる力の差。

「終わったぞ」

ルトが振り返る。呆気《あっけ》に取られていた軍人たちを見回し、先ほどに言葉を交わした士官を指で呼び寄せる。

「なぁ、この二頭をどう見る?」

「……ここまでの怪物だとは、正直なところ思っていませんでした。船内という閉所だからこそ、幸運にも死者が出なかっただけでした。一歩間違えれば、この海が赤く染まっていたことでしょう」

「そうだな」

もし熊たちが早々に陸地まで飛び出してきたら、いや甲板などのひらけた場所にまで出てきていたら。どこまでの被害が出ていたかを考えると、士官もつい身震いをしてしまう。

「で、重ねて問うが。——コイツらは本当に熊か？」

「閣下の疑問はとても理解できます。強化を扱う魔獣なのでしょうが、それにしたってこれは異常です。魔獣の範疇《はんちゅう》を明らかに超えています」

魔獣とは魔法を扱う獣である。いや扱うというよりも、進化の果てに特定の魔法が種に定着している獣だ。魚にエラが、鳥に翼があるように、魔獣も機能として魔法を発動させる。

だからこそ魔獣の魔法には意味がある。進化の過程において、それが必要となる理由があるはずなのだ。移動のため、生き延びるため、獲物を狩るため、子育てのためなど、魔獣の魔法には対応する用途がある。

だがこの熊たちは違う。想定されるのは強化の魔法であるが、ここまでのレベルは必要ないはずなのだ。自然界において、大地を砕くほどの強化など過剰というもの。

野生とは合理の世界である。必要なのは適量であり、過不足というものは進化の過程で削《そ》ぎ落《お》とされる。魔法には魔力というリソースが必要である以上、過剰な出力は無駄な消耗と同義。故に、この熊たちはおかしいのだ。

それを抜きにしても、獰猛さや知能の高さなど、おかしな点は多数存在する。ルトが疑問に思うのは当然で、目の前の二頭は『熊』であるのかすら怪しいのである。

「この二頭は詳しく調べろ。バラして全てを解き明かせ。関係者も問いただすように。そんで報告書にまとめろ。今の戦闘で得た情報も含めてな」

「はっ！」

この未知は放置するには危険すぎる。恐るべき怪物たちの謎は、なんとしてでも解き明かさねばならないとルトは判断した。

「では俺は行く。——ああ、また非常事態が起きても遠慮するなよ。炎弾が見えれば駆け付ける。他の者たちにも伝えろ」

「感謝いたします！」

伝えるべきことは伝えた。ならば戦闘しかできない自分には、もうこの場でできることはない。最後に念を押せば、完全に役目は終了した。あとは専門家たちの仕事だ。

——そうしてルトは、再び空へと飛び立った。応援要請という名の寄り道を終え、今度こそ公爵邸へと戻るのであった。

神兵とナトラの回収。そして凶悪な魔獣の討伐を終え、ようやくルトは公爵邸に帰還した。……なお帰還方法だが、先触れも出さず、空中から直接屋敷の正面玄関前に降り立つという中々の暴挙であった。

だがそんな唐突な帰還でありながらも、屋敷の前ではハインリヒを筆頭とした部下たちが綺麗に並んでいた。

「驚いたぞ。出迎えご苦労と言うべきか？　いつ戻るか分からない主を待ち続ける殊勝さが、お前らにあるとは思わんかった」

「中々に酷《ひど》い言いぐさですな。ですが閣下。お言葉ではありますが、ああも街を騒がしくされては……。我々も『もしも』に備えて待機ぐらいはしますとも。もちろん、リーゼロッテ様の許可は取ってあります」

「ははっ。正論だ。そんで上出来だ」

暗に出迎えではないと伝えられ、ルトは可笑《おか》しそうに笑う。

現在はルトの私兵の立場にいるが、彼らは元軍人。それも歴戦と呼ばれる類いの、国家の盾にして剣であった男たちだ。主の帰りを健気《けなげ》に待ち続ける飼い犬では断じてない。

こうして整列していたのも、ただサンデリカに存在する治安維持部隊の一つとして、有事に備えて警戒態勢を取っていただけ。その途中で空を飛ぶルトに気づいただけである。

「それにしても、また随分と盛大にやりましたな。空の氷塊といい、今の空中移動といい。本日の閣下は何かと空に物を浮かべたかったようで」

「どんな情緒をしてるんだよ俺は。氷塊はただの合図。空中移動は利便性を優先しただけだ」

「合図はともかく、普通は空を飛ぼうなどとは考えもしないかと。あくまで魔術も知らぬ老骨の感覚ではありますが」

「悪いがその辺は俺も知らん。他の者が可能かどうかも含めてな。ただ俺は便利かつ可能だからやっただけだ」

「……まあ、魔神格である閣下に常識を説くのも無駄ですな」

『技術的に可能』な範囲が只人と比べて遥《はる》かに広いのだから、発想が違うのも当然。

そう納得しながら、ハインリヒは本題の方を口にする。

「さて閣下。機密もあると思いますので、詳細は訊《たず》ねませんが。問題なし、ということでよろしいですか？」

「ああ。結果は上々だよ。途中で妙な狩りが混ざったが、おおむね問題はないさ」

「では、我々も警戒態勢を解くとしましょう。特に御命令がなければ、それぞれの持ち場に戻りますが」

「いや。俺はこれからリーゼロッテに報告してくるから、アレの見張りを頼む。しばらくしたら軍の者が回収にくる」

「ふむ。初めから気になってはいましたが、アレが件《くだん》の……」

「そういうことだな」

ルトの後ろで転がるいくつもの氷塊。暗闇の中でも薄らと確認できる中身。

上々という言葉に偽りなし。一目で大猟と分かる成果であろう。

「……不穏ですな」

「同感だ」

だが手放しでは喜べない。ハインリヒもまた、ルトと同様の懸念を抱いていた。

ある程度の視点で物事を俯瞰《ふかん》できる者なら、誰もが感じ取るであろう不気味な気配。

「ついでに言うと、アレ以外にも嫌な代物が存在するぞ」

「それはそれは……」

私兵という立場故に、主の許可なく機密の領域に踏み込むつもりはない。だがこの背筋が疼《うず》くような据わりの悪さは、ハインリヒとしても無視することはできなかった。

「閣下。何かあればすぐに御相談ください。微力ではありますが、この私も知恵を絞ってみせましょう」

「当たり前だ。俺だけ頭を働かせるなんて御免こうむる。必要となれば容赦なくこき使うとも」

「それはようございますな」

その返答にハインリヒは笑みを零した。

ここ数日は珍しく働き、周囲にバレない程度に張り詰めた気配を発していたルト。

そんな主が久々に見せた怠惰な性根。これまでのような微《かす》かな偽りの混じったそれではなく、本心からの嫌そうな言葉。

不穏な気配は未だに存在し、油断できる状態ではないにしろ。そうした態度が出てくるぐらいには、ひとまず状況が落ち着いたのだとハインリヒも実感したのだ。

「……ところで閣下。一つよろしいでしょうか？」

であるならば、だ。これ以上の深入りは現状では避けるべき。

そう考えたハインリヒは、本題とは別に最初から気になっていた疑問について触れることにした。

「ナトラ殿の姿が全く見えないのですが、どういう理由か説明していただけますか？　これまでの口ぶりからして、彼女の身に危険が降り注いだわけではないということは分かりますが」

「ああ、それか」

二人で外出したにもかかわらず、現在はその片方が欠けている。ならば疑問に思うのは当然のこと。

その問いに対し、ルトは一つの氷塊を自らの隣に移動させたことで答えとした。

「……まさかとは思いますが閣下」

「殺してねぇよ。あっちの獲物と同じだ。生け捕り……って言うと、流石に表現がアレだがな」

「いや、そういう問題では……。そもそも何故、ナトラ殿は此度《こたび》の狩りの獲物と同じ目に遭っているのですか？」

「機密の関係と、安全を考慮した結果だ。か弱い乙女を鉄火場に連れていくわけにもいかないだろ？」

「……合理的なのは認めますが、か弱い乙女に対する仕打ちではないでしょうに」

呆れ気味にハインリヒが言葉を返す。相変わらずの容赦のなさというべきか。合理を優先して、随分と姉弟《きょうだい》を振り回すものだ。

危害を加えているというわけではないにしろ、善良な少女が氷漬けとなっているというのは、流石に思うところがある。

理由があるにしても、もう少し躊躇《ためら》いのようなものを覚えてもバチは当たらないだろうに。

「そう言うなよ。ちゃんと許可は取った。なんなら乗り気だったぞ？」

「氷漬けに乗り気……？」

「リックを比較対象に出したらな。アイツは危険を承知でお前と囮《おとり》を代わろうとしたぞ、って言ったら即決だった」

「それは挑発というのですよ閣下。いや、それに乗る方も乗る方ですが」

「ナトラ、多分だが割と単純だぞ」

「本人に聞こえていないとはいえ、もう少し手心を加えてあげてもよいのでは……？」

ルトの辛辣すぎる評価に、思わず遠い目を浮かべるハインリヒ。だが事実が事実であるが故に、あまり強く否定できないのが悲しいところである。

「ま、そこまで気にする必要もあるまいよ。過程はどうあれ同意はしたんだ。なら文句は受け付けん。同意した方が悪い」

「それは詐欺師の言い分というやつですよ閣下。そういうことばかりやっていると、どんどん心が離れますぞ？」

「大丈夫だろ。なんか知らんが、向こうの方から歩み寄ってきていたし」

「いろいろなことが起こりすぎではありませんか……？」

「ああ。忙しい一日だったよ」

囮作戦からの襲撃、ナトラからの歩み寄り、強制捜査、獣狩り。こうして振り返れば、実にイベントが盛りだくさんの一日だ。内容の重要性も相まって、濃密という言葉では片付けられないほどだろう。

「で、何故そんなことに？」

「さあな。襲撃を片付けた直後の変化だったし、守られたとでも思ったんじゃねぇか？」

「閣下が守られるような役目を押し付けたのに？」

「ついでに言うなら、守ることが当然の護衛なんだよな俺」

「詐欺師の常套《じょうとう》手段ではないですか……」

ハインリヒが頭を抱える。危険な役目を割り振った上で、いざという時になったら助けて感謝される。明らかに典型的なマッチポンプであった。

「何故それで心を開けるのですか……。いや、確かに先日まで平民であったのなら、襲撃されてマトモでいられるわけがないのでしょうが」

「単純だからだろ。単純な馬鹿なんだよきっと」

「ナトラ殿……」

実際はマッチポンプに引っかかったのではなく、魔神格としての凄まじさを実感したことによる庇護者《ひごしゃ》としての自覚、自然崇拝の亜種的なものに目覚めただけなのだが、そんな複雑な心境の変化をノーヒントで見抜けるはずがなく。

完全な誤解ではあるのだが、唯一弁解できる本人は未だに氷の中。結果として、ルトとハインリヒからは『残念な娘』としてナトラは認識されてしまった。

「違う意味で心配になってきましたな……」

「だったらその辺の世話を焼いてやれ。俺についてアレコレ吹き込むついでにな」

「そうさせていただきます」

「おいコラ」

ジト目でハインリヒを睨《にら》むが、当の本人はどこ吹く風といった様子で控えるのみ。臣下にあるまじき返答を行う、相変わらずの曲者ぶりである。

「……はぁ。まあいい。俺はこれからリーゼロッテに報告にいく。ナトラは任せる」

「かしこまりました。……ああ、そうだ。リック殿から書類を預かりました」

「む？　そうか。なら後で持ってこい」

「いえ。実は書類を受け取る際、ちょうどリーゼロッテ様が通り掛かりましてな。領主として興味があると、そしてどうせ閣下とは今日話し合うからと言われてしまい……」

「回収されたと。まあ、リーゼロッテなら構わんだろう」

ハインリヒの言葉にルトは頷《うなず》く。他の者なら機密の関係で大問題だが、リックの特異性を把握しているリーゼロッテならば問題あるまい。

なにより領主の命令なのだ。単純な爵位であればルトの方が上とはいえ、この地を治めているのはリーゼロッテだ。そんな彼女が『領主』の言葉を出した以上、指示に従わないのは道理に反する。

「それはそれは。実を言うと、リック殿が不安そうにしておりましてな。念のため私の方から伝えておきましょう」

「あいつの主はリーゼロッテだぞ。主が臣下の仕事に目を通すのに、なんの問題があるってんだ。

皇帝陛下直々の極秘指令でもなければ気にすんなと伝えとけ。そんなトンチキ事案なんて滅多にないこともな」

「ええ。お咎《とが》めなしということに加えて、しかと伝えておきましょう」

「そうしろ。んじゃ、ナトラも解放するから、諸々任せるぞ」

「かしこまりました。では失礼いたします」

「おう」

――そうして背後で立ち去る音を聞きながら、ルトもまたその場を後にした。


ハインリヒと別れた後、予定通りルトはリーゼロッテの執務室を訪れていた。

「――邪魔するぞ」

「あら旦那様。もうお帰りになっていたのですね」

入室すると、淑《しと》やかな笑みを浮かべたリーゼロッテが出迎えてくれた。だがその淑女の笑みに反して、座っているのは重厚な執務机。そして手にはペンが握られている。

「ああ。そういうキミはまだ仕事か？　この時間まで執務室にいるなんて珍しいじゃないか」

「報告待ちついでに、政務の時間を少しだけ延長していたのです。興味深い書類も上がってきましたしね」

「リックに出した課題か。その言い回しだと、すでに目を通したみたいだな」

「申し訳ございません。差し出がましいとは思いましたが、好奇心には勝てませんでした。お恥ずかしい限りです」

「ま、気になるのは当然か。なら課題の件から先に話すか？」

「そうですわね。では旦那様、こちらが件の書類でございます」

「拝見しよう。……多いな」

予想以上の量に若干面食らいながらも、ルトはリーゼロッテから紙束を受け取った。

その内容も中々だ。パッと見でも膨大な文書が記されているのが分かる。完成形を示した図が描かれているものもある。

「随分と気合いが入ってるみたいだな。こりゃ読み切るのはちと手間か。……リーゼロッテ。ながら作業で申し訳ないが、キミの所感を教えてくれ。内容の確認と並行しなきゃ、流石に時間が掛かりそうだ」

「そうですわね。ではまず全体の評価についてですが、素晴らしいの一言に尽きます。その書類に記されている内容だけでも、実現すればかなりの利益が見込めるでしょう」

「だろうな」

単純なアイデアについては大絶賛。それについてはルトの予想通りである。異なる世界の、進んだ文明の知識とはそういうものだ。

向こうの世界では古臭すぎて論外のアイデアも、こちらの世界では画期的な新発見と讃《たた》えられる。

ちゃんとした計画のもとで実現できれば、利益など出て当然なのだ。

『井戸用の手押しポンプ』に『有刺鉄線』、『寒天を始めとした海藻加工品』か。また判断に困るものを……」

「そうですわね。領主としては満足のいく内容ですが、私個人としても中々に攻めたなというのが正直な感想でございます」

利益自体は出て当たり前。なので数字は脇に置いておく。ルトが頭を悩ませ、リーゼロッテが苦笑を浮かべる点。それは内容の濃さである。

リックは一度失態を犯し、ルトに釘《くぎ》を刺された立場だ。だからこそここまでの内容を用意するとは思ってもいなかった。文明レベルを一気に加速させるような弩級の爆弾ではないとはいえ、かなりギリギリを狙った印象だ。

「手押しポンプ。製作難易度、及び原材料に難あり。類似品が存在する可能性あり。しかし、実現が難しくとも学術的な意義は高い、ねぇ……」

他にも開発によって発生する影響、問題点なども記されている。ポンプだけでなく、有刺鉄線や海藻加工品なども同様であった。

「その書類を見る限りでは、一応は成長しているようですわね。専門外のためかたどたどしい、または見当違いな点も多々ございましたが、少なくとも自分なりに考えてはいるようで」

「馬鹿をやった時と比べれば、まあマトモになったみたいだな」

内容の端々から、リックが思考を巡らせたことは読み取れる。単純に利益だけでなく、開発後の問題点まで分析しているのは高評価だろう。その正否は脇に置いておくとしても、考える姿勢は窺《うかが》えるのだ。

「ま、それでも『有刺鉄線』という軍事方面にまで手を伸ばしたのは予想外だったがな。だが文章を見る限りでは、中々に考えさせられる」

火器の発展具合に加え、強化魔術などのブースターも存在しているため、現状では地球ほど猛威を振るわない可能性有り。しかし依然として防衛効果、及び費用対効果は高し。

なるほど。確かにルトとしても一考に値する分析である。少なくとも、頭ごなしに叱責する必要はないだろう。

「私はあまり軍事に明るくないのですが、この有刺鉄線とやらはどれほどの性能なのですか？　あまり大した効果はないように思えるのですが……」

「リックが生きていた時代から二百年近く昔に開発されて、それ以降ずっと現役だった。ちなみにリックの生きた時代は、戦術級術士に匹敵するような兵器がわんさか存在してたりする」

「……なるほど。とてつもない代物ということは理解できましたわ」

伝えられた異世界の戦場に軽く戦《おのの》きながらも、リーゼロッテはルトが手にする紙束を注視する。ルトが『賢者の書』と称した異世界の知識。その凄まじさの一端を改めて実感したのであった。

そんなリーゼロッテの反応を意識の端に留めながら、ルトはパラパラと紙束を捲《めく》っていく。

「まあ、及第点か」

この姿勢を維持し、報連相を怠らなければ下手なことは起きまい。問題が発生しても、許容範囲のレベルに抑えるよう対処することも可能と判断する。

少なくとも、ある程度はマシになったと評価しても構うまい。

「実現するために動きますか？」

「流石にそれはまだ早い。規則の成文化も終わってないんだ。この課題の内容はひとまず寝かしておく」

「領主としては、いささかもったいない気もしますが……。とはいえ、扱いは慎重にするべきなのでしょうね」

「ああ。だがコレを見る限りでは、必要事項を済ませればすぐにでも運用できそうだ。成文化に並行して、用意に時間の掛かる資材は手配しておいて構わんだろう」

「では、発明及び実験に使いそうな品を見繕っておきましょう。……火薬などはいかがいたしますか？」

「管理がちと面倒だが、あって損するようなものでもないだろう。実験に使う程度の量なら構わないんじゃないか？　まあ、最終的な判断はキミに任せる。あ、この書類はキミの方で保管してくれ。そっちの方がなにかと都合がいいだろう」

「かしこまりました。ではお預かりいたします」

大まかに今後の予定を決めたところで、リックに関する話し合いは終了となる。

「――さて。前置きはここまでにして、本題に入るとしよう」

「ええ。そうしましょう」

そして話題は次に移る。最重要事項である、法国の諜報員にまつわる顚末《てんまつ》と処遇について。

「では旦那様。まずは感謝の言葉をお伝えさせてくださいな。直々に領内の掃除を行っていただきありがとうございます。とても助かりましたわ。見ての通り荒事には向かぬ領主ですので、旦那様の存在はとても頼もしいです」

「ただの置物にならないよう動いただけだ。大したことはしてないさ」

「ご謙遜を……と言いたいところですが、旦那様にとっては事実なのでしょうね。祝福された神の戦士ですら、脅威たりえない。本当に頼もしいことです」

「荒事を終えれば乙女の感謝か。男冥利に尽きる報酬だな」

「まあっ。旦那様は相変わらずお上手ですこと」

リーゼロッテがそう言って淑やかに笑う。美しい笑みだ。凛《りん》とした気品に溢れ、されど柔く儚《はかな》い。相反するはずの二つの『美』。それらが見事に調和し、リーゼロッテという少女の中に溶け合っている。

実に見事な笑みだ。正直なところ、男冥利に尽きるというのはルトの本心。多少頭を働かせ、街を動き回るだけでこの笑みが向けられるのならば、役得と言っても差し支えはないだろう。

「お上手なんて言ってくれるな。ただの真理というやつだよ。男なんて単純だからな。御伽噺《おとぎばなし》の勇者よろしく、美しい乙女の笑顔のためなら、男はどこまでだって動くもんさ」

「ふふっ。旦那様からそのように言っていただけるなんて。私、はしたなくも顔が熱くなってしまいました」

「おいおい。この程度の口説き文句、キミなら聞き慣れているだろう？」

「誰の言葉かが重要なのです。それが他愛《たわい》のない一言でも、愛《いと》しき人の口から紡がれたものならば、それだけで乙女は舞い上がってしまうのですよ？」

「そう言ってくれるのなら、柄にもない台詞を吐いた甲斐《かい》がある」

クスクスと小さく声を漏らすリーゼロッテ。その姿すらも美しい。どこまでも可憐《かれん》な乙女であり、それと同時に確かな知性を備えた姫であった。

それに応えるルトもまた、普段の姿からは想像もつかない貴公子ぶりだ。この時ばかりは、元王子という肩書きも素直に納得できるほど。

「──さて、旦那様。個人的な感情を述べるのならば、この先もずっと睦言《むつごと》を交わしていたいのですけれど……」

「そうだな。男女の戯れもほどほどにしようか」

しかし、扱う話題がそれを許さない。リーゼロッテは淑女としての感謝を伝えた。ルトはそれに応えた。それで終わりとならないのが政治というもの。

互いにまとう雰囲気も変わる。リーゼロッテは穏やかな淑女から領主のそれに。ルトは彼女の婚約者から大公のそれに。

「まず結論から。嫌がらせは成功。名分を確保し、暗殺は強行捜査に。トリストン商会関係者は全員拘束できたと思われる」

「それは素晴らしいですわ。懸念事項であった神兵はどうでしたか？」

「街にいた奴は全員狩った。数は八だ」

「……なるほど」

告げられた神兵の数に、リーゼロッテの眉が微かに動く。

予想以上の数に驚いた。——否《いな》。驚きの感情があることは否定しないが、それ以上に彼女の放つ気配が語っていた。

「不愉快ですね。ええ、全くもって不愉快です」

そこにあるのは苛立《いらだ》ちだ。淑女にあるまじき振る舞いだとしても、領主として、帝国の最も貴き血の流れる者としては不快感を覚えずにはいられない。

「戦術級術士に匹敵する戦力を、無許可かつ秘密裏に他国に送り込む。それも大量に。宣戦布告と同義の暴挙でしょうに」

「神兵という証明など不可能だからな。足がつかないと確信しているんだろうよ」

彼らの表向きの立場は、トリストン商会が属するゼオン王国。法国に繋がるような証拠など残してはいないだろう。

神兵の証明である神威に関しても、魔神格にしか認識できない以上は証拠たりえない。

大陸に魔神格は三人しか存在せず、その内の二人が帝国に属しているのだ。声を上げたところで、言い掛かりと法国に切り捨てられるのがオチだ。

「口惜しいが、法国への追及はまず不可能だ。どう頑張っても徒労だ」

「……やはりそうなりますか」

「ああ。気持ちを切り替えて、ゼオン王国に焦点を当てた方が懸命だろう。外交での最高の札も確保済みだ」

「最高の札というのは？」

「俺の嫌がらせに引っかかった愚か者たちだよ。囮の諜報員と、本命の神兵が一人ずつ。襲撃の体勢のまま凍結させた。商会関係者であることは確認済み、そこに俺が対象という事実を添えれば、あとは煮るなり焼くなりさ。いい土産だろ？」

「まあっ。それはとても素敵な贈り物ですね」

不愉快そうな表情から一転。リーゼロッテの顔に大輪の花の如き笑みが浮かぶ。

可憐としか表現できない笑顔。だがその裏では、一体どれだけの計算が弾かれているのだろうか。

「陛下に手紙を書きましょう。旦那様が素敵な贈り物をくださったと。少々はしたないですが、愛されているとたくさん自慢してしまいましょうか」

「その辺はほどほどにな」

父に送る手紙としては、随分とドス黒い内容になりそうだ。外交上の火種を惚気《のろけ》と表現するのも、中々できない皮肉である。

「……ふむふむ。不愉快な事実こそありますが、収穫という意味では大変満足いく結果のようですわね」

「まあな。実入りとしてはかなりのもんだろうさ」

不穏分子の大方を排除。その上で外交的に効果のあるネタを手に入れることができた。

リーゼロッテの言葉通り、大成功と言える結果だろう。……あくまで額面上の評価であるが。

「――問題なのは、法国の目的がいまいち判別つきかねる点ですわね」

「そうだ。あまりにも不穏だ。時期、数、質。妙な点を挙げていけばキリがない。意味も分からん熊もいたしな」

「熊？」

「トリストン商会の品を扱う貿易船にいたんだよ。準戦術級とも言える怪物が密輸入されていたらしくてな。そいつらが大暴れして大変だった」

「……詳しくお教えくださいますか？」

ルトから伝えられた内容に、再びリーゼロッテの表情が険しくなる。そして傍目からでも分かるほどの怒気が滲《にじ》む。

「……どこまでもコケにしてくれますわね……」

「おいおい。随分とはしたない言葉を使うじゃないか」

「今ぐらいはお許しくださいな。これはそれだけ不快な内容でございます」

「ははっ。別に咎めてはいないさ。ただキミがそんな言葉を知っているとは思わなかっただけだ」

「あら旦那様、お忘れですか？　私、ハイゼンベルク夫人の薫陶を受けておりましてよ？」

「なるほど」

帝国における事実上の第二の皇帝にして、最も偉大な忠臣の名を挙げられては、ルトとしても納得するしかなかった。

薫陶ではなく悪影響の間違いだろうが、それをわざわざ口に出すほど無粋ではない。

「ま、それはそれとしてだ。キミが不快だと唸《うな》るのも当然の、実に面倒な内容だ」

「ええ。まさかここまで大規模に動くとは、正直思ってもみませんでした」

ルトが帝国に所属し、サンデリカに君臨することになってから、そう長い時は経《た》っていない。

それにもかかわらず、法国から送り込まれた神兵という大戦力。それも複数人かつ、足のつかない身分が用意された状態。

直接領土が接しているわけでもなく、複数の衛星国が間に広がる二国。その距離的な制約を飛び越える、恐ろしいほどに迅速で周到な一手。

「これをどう見るべきかね？　前回の協議におけるランドバルド大佐の分析は承知しているが、今回の捕物を踏まえた上での、キミの所感も聞きたいところだ」

「……私も帝国の姫ではありましたが、諜報関係にはそこまで明るくありません。それでも……」

「やはり異常か」

ルトの出身はランド王国。しがない小国であり、超大国である法国が気にかけるほどの国ではない。

さらに地理上の関係もある。ランド王国と法国の間には、帝国が存在しているのだ。そういう意味でも、ランド王国は法国との関わりが薄い。

故にルトは知らないのだ。法国がどれほどの諜報員を他国に放っているのかなど、その手の知識が欠けている。

それでも違和感を覚えずにはいられない。そしてそれは、帝国の姫であるリーゼロッテも、軍人であるランドバルドも同様の意見ときた。

つまりこれらは、最大の敵国であるロマス法国が、本気で動きはじめた結果ということ。血みどろの暗闘が幕を開けたということに他ならない。

「まったくもって嫌だねぇ。これから大陸の覇者を決める戦いの始まりか」

「それも仕方のないことかと。旦那様が表舞台に上がったことで、天秤《てんびん》は揺らいでしまったのですから。……と言っても、二国がぶつかるのは時間の問題だったでしょうが」

大戦は未来の何処かで必ず起きると、帝国の姫であったリーゼロッテは語る。それほどまでに帝国と法国は相容《あいい》れないのだ。ルトの出現など、切っ掛けの一つにしかすぎないのである。

「約束された決戦か。人の世というのは因果なものだな」

それに対して、魔神であるルトは嗤《わら》う。どのような形であれ戦争は、人類史に刻まれるような大戦が起きると確定しているのだから、か弱い定命《じょうみょう》の人間からすれば堪ったものではないだろう。

「まるで天上におわす神様とやらが、壮大な戦記でも書いているようだな」

「ならば旦那様。地上に生きる魔神として、天におわす神とやらの口から泡を吹かせてくださいな。君臨している気になっている道化師が、どのような筋書きを用意しているかは微塵も興味はありませんが。――旦那様のお力で、我々に最も都合のいい結末に変えてしまいましょう」

それは実に傲慢な宣言であった。やはりリーゼロッテは超大国の姫なのだ。どんなに気品に溢れていようとも、淑女らしい嫋《たお》やかな振る舞いをしていようとも。――その身に流れるのは、数多《あまた》の国を呑んできた帝国の支配者の血。征服者の一族に連なる強き者の一人。

「……ははは っ！　本当にキミはいい女だな、リーゼロッテ。流石は我が婚約者。そこまで言われちゃ仕方ねぇわな」

そしてルトはより傲慢に。超越者としてその宣言を肯定した。至高の力を持つからこそ、リーゼロッテの言葉はなによりの口説き文句である。最高に愛おしい『お願い』であった。

運命など関係ない。神の筋書きなどどうでもいい。絶対強者と畏怖される魔神格の一人として、そんなものに従ってやる道理などない。

力でもって未来を変えろ。都合のいいように捻《ね》じ曲《ま》げろ。世界の変革は、力ある者にのみ許された特権なのだから。

「やってやろうじゃねぇか。——まずは現状の確認だ。先手を打たれたが、とりあえず防衛は成功。これを引き分けと見るべき……いやちょっと劣勢か？」

「かもしれませんわね」

「まあ構わんだろう。趨勢が決まったわけでもなし。挽回《ばんかい》などいくらでも利く」

全てはこれから。都合のいい結末を目指して、長い長い政治ゲームの始まりだ。

エピローグ

――気づいた時には、私は公爵邸の庭に倒れていた。

「……今思い出しても信じられない」

あの恐ろしい襲撃が起こった路地裏。そこからほんの一瞬、それこそ瞬《まばた》きの後には景色が変わっていた衝撃は、言葉にできないものがある。

ハインリヒ様と、その部下の方たち。大公閣下に仕える方々に手を貸していただいた際には、我ながら呆《あき》れてしまうぐらいには混乱してしまったほど。

「文字通りの意味で時間が飛ぶって、改めて考えると凄《すご》い経験してるな私……」

意識を失い、ただ時間が経《た》っていたのではない。体感時間では本当に一瞬だった。意識の欠落もなかった。路地裏で大公閣下が手を翳《かざ》した光景も、最後に告げていた言葉も鮮明に憶《おぼ》えている。

だが実際は違う。あの瞬間から今にかけて、しっかりとした時間が流れている。本の落丁のようなものが現実に起こっているのだから、魔神格と呼ばれる御方のデタラメさには震えてしまう。

「凄かった……本当に凄かった……」

口から零《こぼ》れる言葉は熱を帯びていて、胸の鼓動は早鐘のようだ。ハインリヒ様の付き添いを断ってよかった。少し難色を示されたけど、それを押《お》し退《の》けて本当によかった。

だってこんな表情、他人になんか見せられない。気の抜けた顔になっている自覚がある。それだけ顔の筋肉が弛《ゆる》んでいる。

でも仕方ない。興奮なんて言葉では言い表せない喜びが、胸の中に満ちているのだ。あらゆる恐怖から解放されたかのような安堵《あんど》があるのだ。

——だってそうじゃないか。しっかりと立ち回ることができれば、あのデタラメな力が私たち姉弟に向くことはないということが、今回の一件で分かった。それどころか、私たちに迫る害意から守ってくれることが判明したのだ。

「これでようやくっ……安心できる……‼」

絶対的な庇護者《ひごしゃ》が現れたことによって、これまで張り詰めていた心が解《ほぐ》れていくのを実感する。

叔父の悪意によって両親を喪《うしな》ってから、ずっと気を張ってきた。サンデリカに到着するまでの道中はもちろん、海猫亭で受け入れてもらった時も、実のところ心の奥では不安だった。また絶望することになるんじゃないかと、今度はリックすらも喪ってしまうのではないかと、とてもとても不安だったのだ。

だって不幸は唐突にやってくる。誰かの悪意が前触れもなく全てを奪うことがある。それを私は、私たちはあの日に嫌というほど思い知った。

叔父のように明確な目的をもって攻撃してくる者だけでなく、ただ目に入ったから標的にしてくる者など、そんな奴らがこの世界には溢《あふ》れている。

だから怖かった。私たちは弱いから、無力であると嫌というほどに知っていたから。

「でももう違う。もう違うんだ……！」

紆余曲折《うよきょくせつ》はあった。一度は殺されかけた。……でも、庇護される立場に落ち着いた。帝国内における絶大な権力と、人類最強の武力を兼ね備えた人に守ってもらえる。その事実で一気に心が軽くなった。

もちろんタダではない。忠誠と成果という対価を捧《ささ》げ続ける必要がある。いろいろと行動に制限だって掛けられている。

――でもそれがなんだ。将来にわたり確約される安全に比べれば、まったくもって些細《ささい》なことだ。リックが笑って暮らせるようになるのなら、大抵の不自由は不自由と感じない。

「リック。入るよ」

ノックと同時に扉を開ける。公爵家の臣下となったことで与えられた私室。今までの人生で最も上等で、なにより姉弟共用ではない完全な個室。

これだけで顔が綻んでしまう。生活に余裕ができた証明。将来が保証されたという実感。そうした諸々《もろもろ》の感情から安堵を覚えてしまうのだ。

「……姉ちゃん。返事する前に扉を開けたら、ノックの意味がないだろ」

「なにいっちょ前なこと言ってんの。ここに来る前まで一緒の部屋で生活してたでしょうが」

「それはそうだけどさぁ……」

ボヤく弟を無視して部屋に入っていく。こういう時の姉の立場は便利だ。私の命令にリックは絶対に逆らえないから。

だからだろう。リックはそれ以上の文句を言うことなく、他の話題を振ってきた。

「姉ちゃん、大丈夫だった？　怪我《けが》してないのは見て分かるけど、危ない目に遭わなかった？」

「危ない目には遭ったよ。でも全然危なくなかった。……知ってはいたけど、凄いよ大公閣下。本当に神様みたいだった」

神様。そう神様だ。全てを凍らせる魔の神。御伽噺《おとぎばなし》に出てくるようなデタラメ。

「囮《おとり》ってこともあって、明らかにヤバい奴らに襲われた。でも一瞬だった。大公閣下がその気になったら、本当に一瞬で全部終わっちゃった」

「……そっか。やっぱり大公閣下は凄いんだな」

リックの口から零れた、わずかな含みを感じる台詞《せりふ》。多分、この子はこの子で思うところがあるのだろう。英雄譚のように誰かの活躍を無邪気に楽しむには、私たちは擦れすぎている。なにより、私たちと大公閣下の間にはいろいろありすぎた。

私はあの方の力を実感してから、不興を買うことの恐ろしさを理解してしまったけれど、リックは違うのだ。だから微妙な反応をしてしまう。自業自得とはいえ、始末されかけた時の感情を未《いま》だ消化できていないのだ。

「……リック、分かっていると思うけど――」

「大丈夫だよ姉ちゃん。不満とかじゃない。これはどっちかと言うと、憧れに近い感情だから」

憧れ。そう語るリックの声音に嘘《うそ》は見られない。私はこの子の姉なのだ。嘘を吐《つ》いてるかどうかぐらいは判別できる。だからリックの言葉は誤魔化《ごまか》しの類いではない。子供が抱くような純粋な憧れではないだろうが、少なくとも本心寄りのものではあるのだろう。

「正直なところ、俺はもう満足してるんだ。一度は立身出世を夢見たけど、その根底にあるのは幸せに暮らすこと。発明家になるのはあくまで手段なんだ」

「リック……」

「思ってた形とは違うし、いろいろなことがあったけど——もういいんだ。これ以上は高望みだから。姉ちゃんと一緒に、幸せに暮らせるならそれでいいんだよ」

幸せな暮らし。その言葉が私の心に突き刺さる。本当の幸せ、家族全員での団欒《だんらん》はもう叶《かな》わない。幼い弟の語る本来の夢は、残酷な運命が奪ってしまった。

——だからこれは妥協だ。もう叶うことのない理想を想《おも》って涙するよりも、今実現できる最良をリックは選択したのだ。

「これから頑張ろうよ姉ちゃん。大公閣下たちに、二度と失望されないよう。……見捨てられないように」

「そうだね。私も、一緒に頑張るから……!!」

私は姉だ。リックの姉で、唯一の家族だ。ならば、この子の選択を尊重する。

子供でいられなくなってしまった弟が、現実と向き合って決意を固めたというのなら。——私は全力でそれを支える。それが唯一の家族の、姉としての役割だから。

「「幸せになろう——家族で」」

——私たちは、この公爵家で生きていくのだ。

番外編

一夜明け、平穏

サンデリカに巣食う諜報員《ちょうほういん》たちの一斉排除。大規模な狩りが決行された翌日。

前日の慌ただしさなどなかったかのように、ルトは自室にて本を開いていた。

「ふぁ……」

気の抜けた欠伸《あくび》が零《こぼ》れる。疲労が溜《た》まっているわけではなく、柔らかな陽光の心地よさに由来するものだ。

ことは国家間の暗闘。故に未《いま》だに予断を許さぬ状況ではあれど、今のルトにできることはない。

街に潜り込んでいた神兵を拘束した時点で、ルトの役目は一旦終了。

ひとまず帝国軍の調査待ちということで、少しばかり肩の力を抜いているのだ。

「落ち着かねぇなぁ……」

——だがやはり、今は非常時でもある。現状でこなすべきタスクはなくとも、いつまた事態が急転するか分からぬ状況である。

「ふむ……」

気を抜いてはいても、どうしても力が抜けきらない。意図的にリラックスすることは可能だが、心の底からダラけることができない。

これが戦場の新兵にありがちな緊張状態ならば、正直なところまだ対処のしようがあった。適当に気を紛らわしてしまえば、ほどよい具合に落ち着いたことだろう。だが生憎《あいにく》と、ルトの抱えるそれは違う。

眠っている途中に、耳元で羽虫の羽音が聴こえた感覚と例えれば分かりやすいか。放置しても然《さ》したる害はないが、一度認識すると頭の片隅に存在がこびりついて離れない。どうにもむず痒《がゆ》い些《さ》細《さい》な違和感。

「はぁぁ……。適当に先のことを済ましちまうかね」

結局、ルトはダラけることを止《や》めることにした。怠惰を信条とするからこそ、この絶妙な据わりの悪さの中で意識的にダラけることが面倒になったのだ。

怠惰な時間を満喫するのならば、心の底から寛《くつろ》がなければ意味はない。それがルトの密《ひそ》かなポリシー。

魔神としての役割以外では動かないと公言し、皇帝フリードリヒから許可をもぎ取ったのもそのためだ。

なんだかんだで自身に責任感が強い一面があることを自覚しているからこそ、気兼ねなく仕事を放棄するために事前に言質《げんち》を取った。

「……アイツらは、納屋にいるんだっけか？」

故に、今の状況は落ち着かない。仕事がなかろうとも、唯一の役割に関するアレコレが進行している中で、心にしこりを残して寛ぐフリを続けるのが馬鹿らしい。

依然として緊急事態が起こりかねない状況ならば、備えるついでに先のタスクをこなしてしまった方が有意義というもの。

そして幸いにして、ルトは早めに済ましてしまいたいタスクを抱えていた。

「――こちらはどういたしますか？」

「あ、ええっと……」

道中すれ違った使用人に訊《たず》ね、ルトがやってきたのは庭外れ。そこではちょうど、探し人であるリックたちと、アズールがなにやら話し合いを行っていた。

「よう」

「これは閣下。いかがなさいましたか？」

「そこの二人に用事だ」

ルトがふらりとやってきたことに首を傾《かし》げるアズールであったが、軽めの口調で返事がきたことで内心わずかにホッとする。

非常時の中、自室でつかの間の休息を堪能しているはずのルトが顔を出したため、厄介事かと少しばかり警戒していたのだ。

「用事ですか。それは急ぎのものでしょうか？　また、私が立ち会うことに不都合はございますか？」

「早めに済ましておきたいことではあるが、火急というほどではない。そして離れる必要もないぞ。この二人にまつわる用件だが、踏み込んだ内容を話すことはないからな」

「左様でございますか。では、私も仕事がございますので、このまま控えさせていただきます」

「ああ。ところで、お前さんはなんでこの二人と？　また珍しい組み合わせだが」

「ハインリヒ殿の仕事を一時的に引き継ぎました。事態が事態ですので、ハインリヒ殿はリーゼロッテ様とともに政務に勤《いそ》しんでおります」

「あー」

ルトの部下たちは、姉弟の監視と護衛の任を担っている。そして彼らを取りまとめるハインリヒは、必然的に姉弟を管理する立場となった。

以前に納屋でハインリヒと姉弟が話し合っていたのも、その関係である。そして今回は、前日の狩りの影響で忙しいハインリヒに代わり、ルトの秘書であるアズールがその役目を請け負ったのだという。

「その引き継いだ仕事ってのは？」

「作業場として改築する際に必要となる資材、及び配置についてでございます」

「ふむ」

以前の延長線上にある作業なのだから当然ではあるのだが、随分と既視感のある光景である。

差異があるとすれば、ハインリヒの代わりにアズールがいること。そして姉弟の様子が落ち着いていることだろうか。……リックは未だに若干の固さが窺《うかが》えるが。

「なるほど。ならついでだ。俺にもちと口出しさせろ」

「……構いませんが。なにか気になる点でも？」

「安全第一ってだけだよ。ま、それは後だ。先にこっちだな」

まずは当初の予定通りにと、今まで直立不動で沈黙を保っていた姉弟に視線を移す。

「聞いていたと思うが、火急の用件ではない。二人とも楽にしろ。で、リック」

「つ、はい！　なんでしょう……って!?」

「コラっ、しゃんとなさい。――失礼いたしました、大公様」

「お、おう」

リックを押しのけ、スッとナトラが割って入ってくる。話を振られたわけでもないのに、下の立場の者が会話に割って入ることはあまり褒められた行為ではないのだが……。

先に『楽にしろ』と言ったのはルトであるし、同僚の失態を咎《とが》めたと考えれば、まあ許容範囲というやつだろう。

そもそもマナーなどを小うるさく指摘するのは、ルトの好みではない。となれば、拳骨《げんこつ》を落とされ涙目になっているリックに免じて、見なかったことにしてやるのが人情というもの。

「ふむ……。ナトラ、念のため確認するが、身体になにか異変はないか？」

「はい。問題ございません。ご心配いただきありがとうございます」

「そうか」

ルトの問いにそつなく返答するナトラ。その声音に恐れなどなく、ルトを前にしても問題なく平静を保っていることが窺える。

そして平静を保てれば、ここまで立ち振る舞いが変わるのかとルトは驚いた。ナトラの立ち振る舞いには、しっかりとした基礎の形跡が見受けられるのだ。なんだかんだで、彼女もまた帝国の教育機関に通っていた才媛だったということだろう。

これまでのアレコレは、出会い頭で埋め込まれたルトに対する恐怖、そしてリックを守ろうという決意がから回った結果だったと思われる。

「……」

だがそれでも、なんとも奇妙なことである。この短期間で、ここまで態度が変わることも珍しい。

抱いていたのが嫌悪ではなく、恐怖からくる苦手意識ともなればなおのこと。

昨日の一件によって、ナトラの内心で謎の自己解決が行われていたのはルトも把握していたが。

やはりこうして直接目にすると、違和感を覚えずにはいられない。

とはいえ、必要性が高いのならばともかく、そうでないのならば婦女子の内面を無理矢理《むりやり》暴くのは、大公以前に男として気が引けるのも事実。

「ま、いいか。問題がないならなによりだ」

結局、ルトはナトラの変化に対して詮索しないことにした。不都合がなければそれで良し。なにか邪《よこしま》な思惑からくる演技だったとしても、それはそれ。不審な仕草を見せた時点で処断すればいいだけのこと。

「んで、リックよ。そろそろ頭の痛みは治まったか？」

「は、はい。失礼いたしました……」

「そうか。それなら本題に入るぞ。お前さんが昨日提出した書類の件だ」

「っ」

ルトが用件を告げた途端、リックに再び緊張が走る。即座に直立不動の姿勢となるあたり、またなんとも分かりやすいが、今回ばかりは仕方のないこと。

結果によって今後の扱いが変わるとなれば、緊張して当たり前。先ほどは咎めたナトラも、不安そうな表情を浮かべていた。

「まず結論から。──とりあえず問題なし。つまるところ合格だ」

「つ、ありがとうございます!!」

「やった! やったねリック!!」

緊張から一転。下された評価に、姉弟は揃《そろ》って歓声を上げた。一度は危険分子として処分されかけてから、どうにか認められるまで評価を上げることができたのだから、感慨もひとしおというものだろう。

まだ完全な信を獲得できたとは思っていないが、それでも評価マイナスと比べれば天と地の差があるわけで。

ようやく肩の荷が降りたというのが、二人の正直な感想であった。

「内容、実現可能かどうかだとか、採算性とかはとりあえず脇に置いておくとして。ちゃんと自分なりに『先』を考えていることは伝わった。経済の視点を落とし、ガスコイン領の特産にまで触れている点も加点部分だな。所属をちゃんと理解している証拠だ」

国益だけでなく、主であるリーゼロッテの利益についても考慮しているのは、臣下として最低限の自覚があるということ。そこはルトとしても高評価であった。

「ま、よくやったと褒めておく。失敗から学べるのならば、学習能力はちゃんと備わっている証拠だ。今後は致命的な失敗を避けつつ、四苦八苦して学んでいけ。この教訓は忘れるなよ」

「は、はい！　今後はしっかりと考えて行動させていただきます‼」

「おう。いい返事だ」

ここまでストレートに褒められるとは思っていなかったのか、ルトの言葉にリックはあからさまに動揺していた。

始まりが始まりだけに、苛烈かつ冷徹な印象がリックの中で先行してしまうのは当然。

だが視点を変えれば、ルトの言動は全て合理の末の判断でしかなく、リックたちに対しては一切の確執を抱いていないのだ。

だから失態を犯せば叱責するように、評価できる点があればあっさりと褒める。当事者から、特に一度詰められた側からすれば分かりにくいが、ルトの行動原理は極めてシンプルなのだ。

「んじゃ、次の仕事な。お前たち姉弟を今後は本格的に運用することになるわけだが、そのために必要な資材を書いて提出しろ。リーゼロッテに頼んで発注してもらう」

「資材？　えっと、今やっているやつでしょうか？」

「違う。そりゃ作業場の設備だろ。これはそういうんじゃなくて、鉱石とか素材の話だ。実験やらでいろいろ使うだろ」

「あ、あー！　失礼しました。納得です」

「物によっては取り寄せるのに時間が掛かる。だからなるべく早く出せ。あと念のため言っておくが、分かりやすく書けよ？　――鉄鉱石みたいな大抵の人間に通じる物ならともかく、まかり間違ってもごく一部でしか通じないような専門的な名称は書くな。発注が滞る」

「は、はい！」

ルトの言葉に込められた裏、『うっかり前世で使われていたマグネシウムやらセラミックなどといった、この世界では未知の代物を要求するな』という真意を正確に汲《く》み取《と》ったリックは、首がもげる勢いでコクコクと頷《うなず》く。

機密保持に関わる部分であるが故に刺された極太の釘《くぎ》は、当初抱いていた冷酷な印象を呼び起こすのには十分すぎた。

「分かったのならよし。専門性の高い素材は、いろいろと注釈をつけろ。特徴だとか、どういったところから採れるはずだとかな。そうすれば探す際の手間が省ける」

「分かりました」

「完成したら俺かハインリヒ、あとアズールに渡せ。今回は昨日みたいにリーゼロッテに渡すなよ？最終的に渡すことにはなるが、その前に俺の方でも内容は精査するからな。二度手間だ」

「はい。気をつけます」

細かい点を伝え、さらに認識の差異がないことも確認。その後、問題なしと判断して話し合いは終了。

「よし。これで必要な部分は伝えた。アズール、もういいぞ」

「了解いたしました。閣下はこの後、どうなさるおつもりで？　こちらの件に口を出すとは仰《おっしゃ》っていましたが」

「ああ、それなら――」

アズールの問い。それに対してルトは、氷の椅子を生み出すことで返答とした。

「……つまり、ここで眺めていると？」

「ああ。その都度、適当に茶々でも入れさせてもらう」

「邪魔、という言葉をご存知《ぞんじ》ですか？」

「視察、という言葉で返させてもらう」

アズールの遠回しな退去要求を、ルトは不敵な笑みを浮かべることで跳ね除ける。

「昨日の今日だからな。寛ぐには緊張感がありすぎるし、かと言って抱えている仕事も特にない。手持ち無沙汰なんだよ。退屈しのぎぐらいさせてくれ」

「……私はともかく、こちらの二人が落ち着かないかと」

「慣れろ。お偉いさんの目の前で作業することなんて、この先山ほどあるんだからな。予行演習ってやつだよ」

「ああ言えばこう言う……」

屁理屈《へりくつ》が達者な人間だと、アズールはあからさまに嘆息してみせる。それでもなお笑みを絶やさぬのだから、もはや処置なしというやつだろう。

――何度もルトに振り回されてきた姉弟であるが、評価が上がっても結局は振り回される立場は変わらないようだった。

MFブックス

怠惰の王子は祖国を捨てる ~氷の魔神の凍争記~ 2

2023年1月25日　初版第一刷発行

著者　モノクロウサギ
発行者　山下直久
発行　株式会社KADOKAWA
〒102-8177　東京都千代田区富士見2-13-3
0570-002-301（ナビダイヤル）
印刷・製本　株式会社広済堂ネクスト
ISBN 978-4-04-682018-1 C0093

担当編集　森谷行海
ブックデザイン　AFTERGLOW
デザインフォーマット　ragtime
イラスト　岩本ゼロゴ

本シリーズは「カクヨム」（https://kakuyomu.jp/）初出の作品を加筆の上書籍化したものです。

ファンレター、作品のご感想をお待ちしています

宛先
〒102-0071　東京都千代田区富士見2-13-12
株式会社KADOKAWA　MFブックス編集部気付
「モノクロウサギ先生」係「岩本ゼロゴ先生」係

二次元コードまたはURLをご利用の上
右記のパスワードを入力してアンケートにご協力ください。

https://kdq.jp/mfb
パスワード
swhym

●PC・スマートフォンにも対応しております（一部対応していない機種もございます）。
●アンケートにご協力頂きますと、作者書き下ろしの「こぼれ話」がWEBで読めます。
●サイトにアクセスする際や、登録・メール送信時にかかる通信費はご負担ください。
●2023年1月時点の情報です。やむを得ない事情により公開を中断・終了する場合があります。

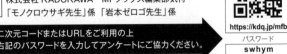